AF187837

ZWISCHEN JETZT

UND NIE

GESCHEHEN

S.B. Sasori

Impressum

Copyright © 2017 S.B. SASORI

Alle Rechte vorbehalten

www.swantje-berndt.de

www.sbnachtgeschichten.wordpress.com

Bildmaterial: Shutterstock.com, Arman Zhenikeyev

Korrektorat: Ingrid Kunantz

Covergestaltung: Swantje Berndt,

Karin Wühr-Gschwind

Bibliografische Information der Deutschen Nationalbibliothek:
Die Deutsche Nationalbibliothek verzeichnet diese
Publikation in der Deutschen Nationalbibliografie;
detaillierte bibliografische Daten sind im Internet über
http://dnb.dnb.de abrufbar
Herstellung und Verlag: BoD – Books on Demand,
Norderstedt

ISBN: 9783744895002

Inhaltsverzeichnis

PROLOG

Ich gelobe, dir treu zu dienen, dir in die größte Finsternis und in gleißendes Licht zu folgen.

Ich gelobe, weder dich noch deine Ziele zu verraten.

Mein Schwertarm soll deinen Leib schützen, mein Herz deiner Seele Zuflucht schenken, wann immer sie danach verlangt.

Ich gelobe, dich niemals zu enttäuschen und mich dir mit jedem Atemzug und jedem Augenblick meines Lebens zur Verfügung zu stellen.

Nimm meine Kraft, meine Liebe und meinen Mut und bediene dich ihrer nach deinem Ermessen.

Die Handschrift meines Vaters. Sie steht auf der Titelseite eines Artusromans. Die Seiten sind vergilbt, der Buchrücken ist gebrochen. Ein billiges Taschenbuch, wie die meisten Bücher von ihm. Ich habe sie alle gelesen. So wie dieses hier. Es handelt von Gawain und der Loyalität gegenüber seinem König. Es erzählt seinen Kampf gegen die finsteren Mächte, die versuchen, Camelot und die Tafelrunde in ewige Dunkelheit zu stürzen. Immer wieder werden die treuen Ritter in den Irrsinn gelockt, immer wieder müssen sie erneut ihre Treue unter Beweis stellen.

Ich liebe den Roman. Ich liebe sämtliche Bücher meines Vaters. Sie sind das Einzige, was ich von ihm besitze.

Ich streiche über die geschwungenen Buchstaben, frage mich, warum er den Eid aufgeschrieben hat. In der Geschichte kommt er nicht vor. Auch in keiner anderen der Artussagen, in die er Nacht für Nacht versank.

Ich weiß nicht, wem der Schwur gilt. Mein Vater besaß keine Freunde. Jedenfalls erinnere ich mich nicht, dass jemals Gäste in der schäbigen, kleinen Wohnung gewesen wäre.

Nur er und ich.

Bis zu dem Tag, als er zu einer Reise aufbrach, von der er nie zurückkehrte.

Ich packe das Buch zu den anderen in eine Umzugskiste. Mehr werde ich aus dem Zimmer nicht mitnehmen, das mir mein Onkel nach Vaters Verschwinden als Zuhause angeboten hat.

Es war nie eines.

Tante Paula steht in der Tür, nippt an einem Kaffee.

»Du hättest zur Beerdigung kommen können.«

»Ich war in Wales.« Bei einem Retro-Hippie-Paar. Für meine Hilfe, eine Scheune auszubauen, konnte ich dort umsonst schlafen und essen. Eine schöne Zeit. Meine Gastgeber waren recht anschmiegsam gewesen. Vor allem nachts.

»Tomke sagte mir, er hätte dir geschrieben, wann die Beerdigung stattfinden würde.«

»Das hat er.«

»Dann wolltest du deinem Onkel den letzten Dienst verweigern?«

Ihr Seufzen knüpft in Sekunden eine Verbindung zu einer Zeit, die längst hinter mir liegt.

»Ja.« Mehr gibt es nicht zu sagen.

»Es tut mir leid, dass du dich mit Andreas nie ausgesöhnt hast.«

»Mir nicht.« Er hat aufgehört, in meinem Leben eine Rolle zu spielen, als ich diesem Haus den Rücken kehrte. »Doch mir tut es leid, dass er tot ist. Für dich.« Mich selbst lässt es kalt.

»Tatsächlich?« Ihr Lächeln ist eher traurig als überrascht. »Ich weiß, du konntest ihn nicht ausstehen.«

»Er mich auch nicht.« Ich erinnerte ihn zu sehr an meinen Vater. Mit aller Gewalt hat er versucht, mich auf einem geraden Weg zu halten. Aber ich liebe verschlungene Wege. Wege, die niemals zum Ziel führen. Die nur dazu dienen, einen Fuß vor den anderen zu setzen.

Onkel Andreas wollte nur eines: ankommen. Der Weg war nebensächlich.

»Du warst lange fort.« Meine Tante kniet sich zu mir, weicht jedoch meinem Blick aus. »Ich habe mir Sorgen gemacht.«

»Dass ich verloren gehe wie mein Vater?« Es gibt keine Verantwortung, vor der ich fliehen müsste. Dafür habe ich gesorgt. Außer mir selbst, gehört niemand in mein Leben. Die flüchtigen Bekanntschaften zählen nicht und Tomke ist etwas anderes. Er kommt allein zurecht und würde eher den Teufel tun, als sich in irgendeiner Weise auf mich zu verlassen.

»Es waren immerhin zwölf Jahre.«

»Ich war auf Reisen.« Das bin ich immer.

»Kommst du klar? Auch finanziell, meine ich?«

»Ja.« Ich brauche nicht viel und das, was ich benötige, sponsort mein Cousin Tomke. Tante Paula ahnt nicht, dass ich mit keinem Menschen öfter das Bett geteilt habe als mit ihrem Sohn. Sie weiß nur vom ersten Mal und das wird ihr genügen.

Tomke und mich verbindet keine romantische Liebe, aber eine enge Freundschaft, die in Leidenschaft mündet, wenn wir beide betrunken sind.

7

»Wohin fährst du als Nächstes?« Endlich sieht sie mir in die Augen.

»Interessiert es dich oder möchtest du nur nett sein?«

»Ich teile die Angst deines Onkels um dich, Demian. Du wirkst auf mich ebenso haltlos, wie es dein Vater gewesen ist.« Als wäre ich der kleine verlassene Junge, streicht sie mir sanft über die Wange. »Er war ein Träumer. Lebte nur in diesen Geschichten. Sie wurden zu einer fixen Idee, bis er die Realität nicht länger ertrug.«

»Ich habe kein Problem mit der Realität.« Ohne grob zu sein, wische ich ihre Hand von mir. »Ich kenne mehr von ihr als du.« Das Reihenhaus mit dem akkuraten Vorgarten hat die Nackenschläge von ihr ferngehalten. Jede Nacht konnte sie in einem sauberen Bett schlafen, täglich etwas Warmes essen. Onkel Andreas hat die Versicherungen bezahlt und die Kredite getilgt. Auch wenn er mir gegenüber ein kaltes Arschloch gewesen war, er hat sich um seine Familie gekümmert. Da waren keine Sorgen in Paulas Leben. Die sind erst nach seinem Tod über sie hereingebrochen.

Meine Tante senkt den Blick. »Du hättest damals nicht gehen müssen. Er hat es nicht so gemeint.«

»Er hat mich rausgeschmissen.«

»Er war erschrocken!«

»Weil ich seinen Sohn gevögelt habe?«

»Tomke war wie ein Bruder zu dir!«

»Das ist er immer noch.« Mir fehlt die Geduld, ihrer Empörung zuzuhören. Erstens kommt sie zu spät und zweitens spielt sie keine Rolle.

An meinem achtzehnten Geburtstag erwischte mich mein Onkel mit Tomke im Partykeller.

Während Tomke im Rhythmus meiner Stöße vor Lust schrie, verkündete mir mein Onkel, dass ich bis zum Abend meine Sachen gepackt und das Haus zu verlassen hätte. Er wollte mich nie mehr sehen.

Ich keuchte ein »ist okay für mich« und fickte Tomke ins Nirwana, um ihm nur einen Augenblick später zu folgen.

Noch Tage danach prangten meine Saug- und Bissmale an seinem Körper. Er nahm mich für die erste Zeit bei sich auf und lehrte mich seine Version von verwandtschaftlicher Nächstenliebe.

Hin und wieder führt mich mein Weg nach Eimsbüttel in sein Junggesellenappartement und dabei direkt in seine Arme. Reise ich ab, geht es mir und meinem Konto besser als vorher.

Er muss das nicht tun. Er weiß das. Aber er will, dass ich ihm alles über meine Reisen erzähle. Manchmal berichte ich es ihm, während wir uns lieben. Das genießt er besonders.

Da er nicht nur ein Kieferorthopäde mit einer florierenden Praxis ist, sondern auch ein Mann von Stil, zieht er erotische Geschichten, die sich in Hotelzimmern statt in Hinterhausecken abspielen, vor.

Er beteuert mir jedes Mal vor einer Überweisung, dass es ihm eine Freude ist, mir diesen Gefallen zu tun. Und ich versichere ihm jedes Mal, dass es nicht nötig ist.

Ich schätze ihn sehr.

Seine Großzügigkeit, die nie hinterfragt. Seine Nonchalance, seine Liebenswürdigkeit und seine Offenheit beim Sex. Viele Leute lieben ihn. Aus denselben Gründen.

Und viele nutzen ihn aus. Ich habe dennoch nie gehört, dass über seine Lippen eine Verurteilung gekommen wäre. Er nimmt die Menschen, wie sie sind. Reicht ihnen seine Hand und klagt nicht, wenn danach ein paar Finger oder der komplette Arm fehlen.

Nur einmal hat er mich enttäuscht. Es war an Silvester vor zwei Jahren.

»Sehnst du dich nicht nach einer Aufgabe?« Er schenkte mir ein Glas Champagner nach und sah mich mit beinahe väterlichem Blick an. »Du gehst auf die Dreißig zu, Demian. Es wird Zeit, dem Leben etwas von dir zurückzugeben.«

»Das mache ich.« Ich grinste ihn an und packte so viel Sarkasmus wie möglich in meine Stimme. »Ich vögele es mit jedem Geliebten ins Glück. Ist das nichts?«

»Das meine ich nicht und das weißt du.«

»Hast du mit deinem Vater telefoniert?«

»Er sorgt sich um dich. Du vagabundierst in der Weltgeschichte herum und lebst von Gelegenheitsjobs.«

»Und von dir.«

»Das ist etwas anderes.« Statt mir eine zu verpassen, wie ich es verdient hätte, küsste er mich auf die Wange.

»Ich mach das gern. Trotzdem solltest du zur Ruhe kommen und dir eine richtige Arbeit suchen.«

Ich trank das Glas aus, warf es in den Kamin. Mir war nach Dramatik. Auf jeden Fall nach Wut. »Gute Nacht, ich gehe ins Bett.« Mit einem Seitenblick zu ihm fügte ich ein *allein* hinzu und fühlte mich eine Sekunde später wie ein Schurke.

Am nächsten Morgen hat Tomke kein Wort darüber verloren. Weder über das Thema noch über meine Reaktion darauf.

»Ab und zu ein Lebenszeichen von dir, würde mir schon genügen.« Paula schafft es, ehrlich besorgt zu klingen. Wahrscheinlich ist sie es auch. »Sag mir wenigstens, wohin du fährst.«

»Ich weiß es nicht.« Das ist die Wahrheit. Reisen plane ich nicht. Ich lasse sie geschehen. Die Straße hat ihre eigene Art, mich zu locken. Oft habe ich keine Ahnung, wo ich abends sein werde. Was zählt, ist der Aufbruch und der Weg. Das Ankommen, spielt keine Rolle.

Drei Kisten. Ich verstaue sie im Kofferraum und fahre zu Tomke. Sicher hat er einen trockenen Platz für meine Bücher. Unterwegs schreibe ich ihm eine Nachricht und die Antwort kommt sofort.

Kein Problem.

Das mag ich an ihm. Er ist unkompliziert.

~ * ~

EINE REISE

Rouen liegt hinter mir, graue Wolkenberge hängen vor mir. Die Regenschleier wirken bedrohlich, zumal das Unwetter direkt auf mich zukommt. Innerlich fluchend trinke ich den letzten Rest Kaffee. Er ist über drei Stunden alt und schmeckt auch so.

Um vier Uhr morgens habe ich mich von Tomke verabschiedet und bin ins Auto gestiegen. Ich musste nicht nachdenken, wohin ich fahre. Der Weg führte mich. An Aachen vorbei, durch Belgien nach Frankreich. Ich bin etwa anderthalb Jahre nicht hier gewesen und es wurde wieder Zeit. Ich liebe dieses Land. Vor allem die Bretagne. Als wäre ich dort zu Hause und hätte es nur vergessen.

Von Fern grollt es. Blitze zucken aus Dunkelgrau. Ich bin zu müde, um mich durch ein Gewitter zu quälen, seit zehn Stunden sitze ich hinterm Steuer.

Der Wind frischt auf, dicke Tropfen klatschen auf die Frontscheibe. Binnen Minuten erkenne ich kaum noch die Straße. Es gießt wie aus Eimern und die Böen versuchen mich beharrlich von der Straße zu drängen.

Nur bis zur nächsten Abfahrt. Weiter muss ich heute nicht mehr kommen.

Honfleur.

Bestens. Ich mag die kleine Hafenstadt. Im Herbst habe ich ihr bisher nie einen Besuch abgestattet.

Die Straßen schwimmen, als ich das Ortsschild hinter mir lasse. Im Zentrum ist eine günstige Pension direkt über einer Crêperie. Bin ich in Honfleur, übernachte ich dort.

Ich bahne mir einen Weg durch das Unwetter, bis ich den zentralen Parkplatz eher ahne, als sehe.

Es dauert eine Stunde, bevor aus der Sintflut ein sachter Regen wird, der mich aussteigen lässt. Ich melde mich in der Crêperie und die Frau hinter dem Tresen ruft die Pensionswirtin an.

Die kleine Frau mit dem strengen Dutt lächelt, als sie mich sieht. »Monsieur Eibenstetter!« Sie nimmt meine Hand in ihre und schüttelt kräftig. »Wieder nur eine Nacht oder bleiben Sie dieses Mal länger?«

»Nur eine Nacht, Madame Fouet.«

»Wie schade! Doch Sie kommen zum rechten Zeitpunkt. Der Barde ist in der Stadt.«

Ihrem Blick nach erwartet sie, dass es bei mir klingelt.

»Der junge Geschichtenerzähler«, hilft sie mir umsonst auf die Sprünge. »Nur einmal im Jahr, immer am letzten Tag des Oktobers erzählt er auf dem Kirchplatz keltische Sagen. Manchmal singt er sogar.« Ihre Augen leuchten wie die einer frisch Verliebten. »Es ist jedes Mal ein Ereignis. Das dürfen Sie sich nicht entgehen lassen.«

»Werde ich nicht. Darf ich vorher meine Tasche aufs Zimmer bringen?«

»Natürlich.« Ihr Lächeln ist breit und ehrlich.

Die Treppe zu den Pensionszimmern ist mir so vertraut, dass ich weiß, welche Stufen quietschen und welche nicht.

In dem schmalen Flur riecht es nach alten Dielen und der Schlüssel hakt wie immer im Türschloss und braucht Zuspruch, bevor er seinen Job korrekt ausführt.

Ich lasse die Reisetasche zu Boden und mich aufs Bett fallen. Ich bin hundemüde. Nur einen Moment die Augen schließen, solange muss der Mann warten.

Ein Barde.

Ich liebe Geschichten.

~ * ~

»Die Realität findet nicht in deinen lächerlichen Büchern statt.«

Natürlich betritt mein Onkel mein Zimmer, ohne auch nur auf die Idee zu kommen, vorher anzuklopfen.

»Sondern da draußen.« Gleichgültig nickt er zum Fenster. »Dir bleiben zwei Jahre bis zum Abitur. Nur zwei Jahre, in denen du deinen Notendurchschnitt auf ein akzeptables Niveau hieven musst. Ansonsten hättest du dir diese Hürde sparen können.«

Ich hasse die Kälte in seiner Stimme. Sie schneidet wie ein frisch geschliffenes Gemüsemesser. Es dringt durch mein Fleisch, lässt mich bluten, aber er bemerkt nichts davon. Stattdessen wirft er einen Blick auf das Buch in meiner Hand, als bestünde es aus fauligem Schleim.

Eine Artuserzählung. Ich lese sie zum dritten Mal. Eben stand ich an einer einsamen Bucht und sah Lughs Boot entgegen. Es sollte mich retten, vor meiner hexenhaften Mutter.

Lugh von der Langen Hand. Einer der keltischen Götter.

Mein Onkel hat mich aus dem jungen Gawain herausgerissen und mich zurück in die Realität gezerrt. So etwas macht er ständig. Er platzt in meine Träume und zerschlägt sie. Einen nach dem anderen.

»Im Prinzip bin ich nur gekommen, um dir mitzuteilen, dass du die Reise nach Frankreich canceln musst.« Er sieht aus dem Fenster, statt in mein Gesicht. »Du brauchst die

15

Sommerferien, um zu lernen. Das ist klar. Dein Zeugnis ist miserabel.«

Und wieder ein zersplitterter Traum.

»Ich bezahle sie selbst.« Die Wut in meinem Bauch lässt mich kaum sprechen. »Ich habe ewig dafür gespart!« Eine organisierte Jugendreise durch die Normandie bis in die Bretagne. Ohne meine Tante, ohne meinen Onkel. Exakt das, was ich will.

»Nicht mit diesen Noten.« Er schüttelt den Kopf, heuchelt Bedauern, dabei wissen wir beide, dass es reine Enttäuschung ist. So war es, seit er das Sorgerecht für mich übernommen hat.

Ich enttäusche ihn, er enttäuscht mich. Es wird sich nie ändern.

Habe ich meinen Vater ebenfalls enttäuscht? Ist er deshalb gegangen?

Ich war erst fünf.

Eine Sturmnacht. Ich weiß es noch genau. Blitze durchzuckten den Himmel und der Donner krachte so laut, dass ich jedes Mal zusammenfuhr. Ich flüchtete zu meinem Vater ins Wohnzimmer. Er saß seelenruhig auf dem Sofa, in ein Buch vertieft.

Dieser Anblick war mir vertraut.

Ich kletterte auf seinen Schoß, lehnte mich gegen ihn und betrachtete wie er die Buchseiten.

»Es ist das letzte Herbstgewitter, Demian. Du musst dich nicht fürchten. Morgen scheint die Sonne wieder.« Er blätterte die Seite um und begann, mir vorzulesen. Mit jedem Wort tauchte ich tiefer in die Geschichte. Fort von der Angst, fort von dem Donner und dem heulenden Sturm. Mitten hinein in ein Leben am Hofe von König Artus.

Jetzt gehören die Bücher mir und ich lese sie, so oft ich will.

16

Mein Onkel hasst das. Ich frage mich wieso? Es sind nur Geschichten, aber er führt sich auf, als würden sie die Sicherheit seines Reihenhauslebens bedrohen.

Vielleicht gibt er ihnen die Schuld, dass sein Bruder verschwunden ist.

Vielleicht auch mir.

Am Morgen nach dem Sturm hat mich mein Vater geweckt. Seine Augen sahen seltsam aus und seine Bewegungen waren ungewohnt langsam. Er sagte mir, er müsse verreisen und würde mich zu Onkel Andreas bringen.

Das hat er getan. Vor dem grün gestrichenen Tor hat er mich aus dem Wagen aussteigen lassen und ist losgefahren. Ohne sich richtig zu verabschieden. Ich erinnere mich an die zusammengerechten Laubhügel auf dem Rasen, während ich den Gartenweg bis zur Haustür gegangen bin.

Aus Wochen wurden Monate und aus Monaten Jahre. Niemand wusste, wo er steckte. Er hat sich weder bei seinen wenigen Freunden noch bei meinem Onkel oder mir gemeldet.

Seit letztem November gilt er als verschollen.

Bei diesem Wort denke ich an Schiffbruch und nicht an den klapprigen Golf, der in meiner Erinnerung kleiner und kleiner wurde.

Bis er hinter der Kurve verschwand.

Mittlerweile weiß ich von Tante Paula, dass er ein Problem gehabt hatte. Mit sich, der Welt, den Menschen darin. Tiefer und tiefer hätte er sich in alte Sagen und Geschichten vergraben, bis er nicht mehr aus ihnen hinauswollte. Jede Hilfe, jeder Vorschlag, zu einem Therapeuten zu gehen, wären von ihm abgeschmettert worden. Tante Paula vermutet, dass es an meiner Mutter gelegen hat. Angeblich hätte mein Vater sie abgöttisch geliebt. Was sie nicht daran gehindert hat, ihm ihr frisch geborenes Kind in den Arm zu drücken und zu verschwinden.

Ich habe keine Ahnung, wie sie ausgesehen hat. Es gibt keine Fotos, keine Zeichnungen. Vielleicht hat mein Vater sie alle verbrannt.

»Bist du achtzehn, kannst du tun und lassen, was du willst.« Mein Onkel blickt mit zusammengezogenen Brauen auf meinen unaufgeräumten Schreibtisch. »Bis dahin solltest du jedoch Ordnung gelernt haben.« Missmutig schüttelt er den Kopf, murmelt, dass ich meinem Vater immer ähnlicher werde und dass ihm das Sorgen bereite.

So etwas sagt er oft. Dass ich die meiste Zeit mit lesen verbringe, macht es nicht besser. Zumal es dieselben Bücher sind, in die sich auch sein Bruder verkrochen hat.

Mittlerweile verstehe ich meinen Vater. Die Geschichten sind mehr als Fantasie. Sie sind eine Zuflucht.

Vor der Dunkelheit in mir, der Angst, verloren zu sein, der Wut auf mein Leben, meine Lehrer, meinen Onkel. An manchen Tagen bestehe ich nur daraus.

Tante Paula ermahnt mich zu Dankbarkeit. Onkel Andreas hätte nicht eine Sekunde gezögert, mich wie einen Sohn bei sich aufzunehmen.

Ich kann nicht auf Befehl dankbar sein. Ich habe es versucht.

Doch dann betritt er wieder mein Zimmer, als wäre es seines, ordnet an, was ich zu tun und zu lassen hätte, beklagt sich über mein Verhalten oder die Unordnung und bevor er geht, wirft er meinen Büchern einen Blick zu, als wollte er sie am liebsten im Vorgarten verbrennen.

Sie sind mein Schatz. Nicht das Papier, das langsam auseinanderfällt, aber die Geschichten darin. Sie handeln von Menschen, die anders sind, als alle, die ich kenne. Als würden sie von einem Licht geleitet, das sie trotz Gefahren und Leid immer weiter zu ihrem Ziel hinführt.

In meinem Leben gibt es weder dieses Licht noch irgendein Ziel. Die Schule ist ein notwendiges Übel und was ich danach mit meinem Leben anfange, weiß ich nicht.

»Ich sorge mich um dich.« Mein Onkel legt seine ernste Miene auf. Je nach Bedarf tauscht er sie in Sekundenschnelle gegen eine ärgerliche aus. Manchmal nimmt er sie ab und nichts bleibt zurück. Ein ausdrucksloses Gesicht. Reine Gleichgültigkeit.

»Du hast keine Hobbys, nur wenig Freunde und was du später werden willst, weiß du auch nicht. Dir fehlt es an sinnvollen Aufgaben.« Er setzt sich auf meine Bettkante.

Ich will ihn dort nicht. Er soll gehen, mich in Ruhe lassen. Aber vorher muss er mir die Reise erlauben.

»Du kümmerst dich nur um diese Bücher.«

»Wäre es dir lieber, ich würde um die Häuser ziehen und Scheiben einschlagen?« Wo ist sein Problem?

»Demian, jeder Mensch braucht eine Aufgabe. Sonst verliert er den Halt und trudelt sinnlos durchs Leben. Hast du vergessen, was aus deinem Vater geworden ist?«

»Er ist fort.« Ich weiß nicht einmal, ob er lebt. »Und genau das will ich auch.

Weg sein. Lass mich verreisen!«

Es ist wichtig für mich. Ich fühle es bis tief ins Herz.

Ich will unterwegs sein. Neues sehen. Andere Menschen kennenlernen. Wie soll ich es ihm erklären? Da ist etwas in mir, dass sich auf den Weg machen muss.

Mein Onkel würde es niemals verstehen.

»Nicht dieses Jahr.«

Den bedauernden Unterton kann er sich stecken.

»Nächstes Jahr bekomme ich garantiert noch schlechtere Noten und du wirst wieder sagen, dass ich lernen soll!«

»Dann tu es.« Er steht auf, sieht unerträglich lange auf mich herab. »Lerne, ergreife einen vernünftigen Beruf und baue dein Leben auf ein solides Fundament.«

»Da draußen wartet etwas auf mich! Etwas Großes, ungeheuer Wichtiges!« Erst als ich die Worte ausspreche, wird mir klar, dass sie wahr sind. »Wichtiger als die Schule und irgendein Beruf! Ich muss es finden!«

»Hat es etwas mit diesen Geschichten zu tun?« Er nickt zu dem Bücherstapel vor meinem Bett. »Sehnst du dich nach Heldentaten, nach Abenteuern? Willst du gefangene Prinzessinnen retten und Drachen erschlagen oder lieber dein Leben an der Seite eines Sagenkönigs riskieren?«

Eine Prinzessin hatte ich nicht im Sinn. Das mit dem König schon eher.

Wie fühlt es sich an, alles, was man ist, alles, was man kann, in den Dienst eines anderen zu stellen, von dem man weiß, dass er viel, viel wichtiger ist als man selbst. Seine Ziele zu den eigenen zu machen. Ihm den Weg zu ebnen, ihm eine Stütze sein, wenn alle anderen ihn verraten und hintergehen.

»Du bleibst in den Ferien zuhause und lernst. Das ist mein letztes Wort.« Er geht, schließt die Tür zu leise hinter sich.

Hätte er sie doch zugeschmissen!

Ich schleudere das Buch dagegen, brülle vor Zorn.

Es fällt zu Boden.

Der Rücken ist gebrochen.

~ * ~

Fünf Uhr nachmittags. Ich bin eingeschlafen. Ob der Geschichtenerzähler noch da ist? Wahrscheinlich hat ihn das Unwetter in die Flucht geschlagen.

Ich dusche mir den Rest der Reisemüdigkeit vom Leib und schlendere durch Honfleur.

Es ist ungewöhnlich mild für die Jahreszeit. Als würde sich die Sommerwärme zwischen den Häuserwänden vor dem herrannahenden Winter verstecken. Ich genieße es, diese Stadt ohne Touristenmengen zu erleben.

Nur wenige streunen durch die engen Gassen, betrachten die mit Kunst oder Süßigkeiten gefüllten Schaufenster.

Ich mag das selbstgemachte Nougat, aber Süßes auf zwei Beinen mit einem hübschen Schwanz dazwischen ist mir lieber.

Temporäre Liebe. Sie währt nur so lange, wie wir dieselbe Stadt miteinander teilen. Wenn ich weiterziehe, lasse ich sie hinter mir.

Nie länger als ein, zwei Tage.

Ich besitze keine Wurzeln, also treibt mich der Wind vor sich her. Es ist okay für mich.

Steinerne Köpfe ohne Augen, ohne Nase. Nur ein menschliches Gebiss verrät, dass es sich überhaupt um Köpfe handelt.

Ich bleibe vor dem Laden stehen, betrachte die skurrile Auslage. Die Zähne sehen täuschend echt aus. Tomke hätte seine Freude an diesem Souvenir.

Ich wähle den schauerlichsten und lasse ihn mir von einem smarten Mittvierziger als Geschenk verpacken. Nebenbei plaudern wir über das Unwetter und den Vorteil eines intakten Gebisses. Wir lachen zusammen, als wären wir Bekannte.

Ich genieße den Moment.

»Der Barde ist da, Monsieur.« Er nickt Richtung Straße. »Eine Kundin sagte mir gerade, dass er wieder vor der Kirche seine Geschichten erzählt.«

»Sie sind der Zweite, der mich heute auf diesen Mann aufmerksam macht.« Ich hatte ihn fast vergessen.

»Er ist etwas Besonderes.« Er reicht mir die Tüte über den Tresen, lächelt mit einem Hauch Verklärung im Blick.

Etwas Ähnliches habe ich vorhin bei Madame Fouet bemerkt.

»Danke für die Information.«

Ich schlendere die Straße zur Kirche hinab, sehe schon von Weitem den Kreis der Zuhörer. Zum Glück bin ich groß genug, um die meisten von ihnen wenigstens um einen halben Kopf zu überragen, das spart mir das Vordrängeln.

Er steht in der Mitte, der Blick scheint in eine Ferne gerichtet. Seine Augen leuchten, während er mit sanfter, doch eindringlicher Stimme erzählt.

Er benutzt kein Mikrophon, dennoch verstehe ich jedes Wort. Niemand um ihn her spricht, niemand lacht, hustet oder gibt sonst ein Geräusch von sich.

Alle schweigen und hören ihm beinahe andächtig zu.

Da ist etwas Magisches in seiner Stimme. Es legt sich um mich, wie der Arm eines Freundes, führt mich zu einem Vorhang, schiebt ihn langsam beiseite. Dahinter entstehen Königreiche, werden Schlachten geschlagen, zerfallen Burgen zu Asche und Staub, um sich an anderer Stelle wieder zu erheben. Eide werden geschworen und noch im Tod gehalten. Liebe wechselt mit Verrat, Zauberei verschlingt das Licht, speit es aus, ergibt sich ihm, fordert es erneut heraus. Um all das schlingen sich altvertraute Geschichten von König Artus und Merlin, von Lancelot und Gawain. Aber so, wie er sie erzählt, habe ich sie nirgends zuvor gelesen. Als wären sie frei jeglicher Dichtung. Als wäre er eben erst Zeuge dieser Geschehnisse gewesen, und würde sie frisch aus der Erinnerung erzählen.

Ich drifte aus meinem Leben, hinein in Szenen, die allein seine Stimme auf den Kirchplatz zaubert.

Verliere mich in Morgaines Zauberbannen, schenke meinem König jeden einzelnen mutdurchtränkten Herzschlag, stürze in Verzweiflung, als er dennoch scheitert.

Plötzlich ist die Geschichte vorbei.

Mir fällt es schwer, sie loszulassen.

»Er ist ein Magier«, flüstert jemand neben mir. »Ich könnte ihm Tag und Nacht zuhören.«

Der Erzähler verneigt sich anmutig vor dem Publikum.

Es klatscht sich die Hände wund.

Ich angele einen Geldschein aus dem Portemonnaie, aber da ist kein Hut. Auch keine Büchse oder etwas anderes, zum Geldeinsammeln.

»Wo ist dein Hut?«, fragt ein Mann und zieht wie ich einen Schein aus der Tasche.

Der Erzähler lacht, schüttelt den Kopf. »Es war mir eine Freude, euch zu unterhalten.« Seine aschblonden Haare fallen ihm ins Gesicht. Lässig streicht er sie zurück.

Da ist eine Strähne. Schlohweiß. Er ist jung, etwa Mitte zwanzig. Wo kommen die weißen Haare her? Sie reichen ihm von der linken Schläfe bis zum Kinn.

»Ach was! Du musst essen und trinken. Ich erledige das für dich.« Der Mann geht herum, sammelt Geld ein. Als ich ihm den Schein gebe, grinst er. »Sie spürten es, nicht wahr?«

Ich muss nicht fragen, was er meint. Ich nicke und er antwortet auf dieselbe Weise. Ein Augenblick stillschweigendes Einvernehmen macht uns für die Dauer eines Wimpernschlages zu Verbündeten.

Er überreicht dem Erzähler das Geld, wechselt ein paar Worte mit ihm, die ich nicht verstehe. Der junge Mann lacht, steckt seinen Verdienst in die Hosentasche, ohne ihn zu zählen oder auch nur einen Blick darauf zu werfen. Dabei hat er es nötig. Seine Jeans ist abgewetzt, das Shirt ausgeblichen. Der Rucksack neben ihm hat ebenfalls schon bessere Zeiten gesehen.

Der Kreis löst sich auf.

Für einen Moment erscheint der Erzähler verloren auf dem Kirchplatz. Eben noch war er umringt von Menschen, jetzt ist er allein. Er scheint sich dieses Zustandes bewusst zu sein, denn er dreht sich einmal langsam um sich selbst.

Ich wende mich ab, bevor sein Blick auf mich fällt. Das Gefühl, allein zu sein, ist mir zu vertraut. Ich will es nicht mit ihm teilen. Nicht heute.

Ein paar Gassen weiter ist ein kleines Fischrestaurant.

Die Leere, die sich in mir auszubreiten beginnt, werde ich mit einigen Gläsern Cidre wegspülen.

Die Bedienung eilt mir lächelnd entgegen und begleitet mich zu einem der Außentische. Ich bestelle ein Glas Cidre und die traditionellen Moules et frites. Erst danach wird auch mein Magen begreifen, dass ich wieder in der Normandie bin.

Während ich mein Glas leere und auf das Essen warte, geht mir die Geschichte nicht aus dem Kopf. Noch weniger ihr Erzähler.

Mir war nicht bewusst, dass das gesprochene Wort weitaus mächtiger, als das geschriebene ist. Wie mühelos er das Geschehen vor meinem geistigen Auge ausgebreitet hat. Kein Wunder, dass ihn die Leute lieben.

Die Kellnerin bringt meine Muscheln, wünscht mir einen guten Appetit.

Der Mann vom Kirchplatz. Er schlendert die Gasse entlang, die ich eben durchquert habe. Sein Blick schweift umher, als suche er jemanden. Plötzlich bleibt er stehen, schaut zu mir herüber.

Möchte er etwas essen und das Restaurant spricht ihn ebenso an, wie es mich angesprochen hat?

Nein. Ich bin es. Er sieht mir direkt in die Augen. Dieser Blick ist mir vertraut. Auch das schmale Gesicht mit dem schönen Mund. Auch die Nase, die ein bisschen gebogen ist. Ich bilde mir ein, mit dem Finger darübergefahren zu sein. Langsam, sanft.

Unsinn. Ich bin zwar ein oberflächliches Arschloch und wechsele meine Geliebten wie andere Leute ihre Socken, aber ich vergesse keinen von ihnen. Dieser Mann ist mir fremd.

Dennoch. Dieser Blick ...

Ohne zu zögern, tritt er an meinen Tisch. »Darf ich mich setzen?«

In seinem Französisch schwingt ein ausgeprägter Akzent mit, den ich nicht zuordnen kann.

»Gern.« Ich weise auf den Platz gegenüber. »Ich war einer Ihrer Zuhörer. Mein Kompliment, Sie erzählen fantastisch.« Eine entspannte Unterhaltung macht aus Fremden Bekannte und wischt jede Form von verlegenem Schweigen vom Tisch. Schweigen schätze ich, Verlegenheit nicht.

Er lächelt, während er den Rucksack von der Schulter gleiten lässt.

Da ist eine Narbe. Quer über seinem Handgelenk. Das Weiß sticht auf der gebräunten Haut hervor.

Offenbar gab es nicht nur helle Tage in seiner Vergangenheit.

Wie dunkel muss ein Leben werden, damit man es beenden will?

Da mir kein Urteil zusteht, lasse ich die Frage fallen. Jeder hat für seine Taten Gründe und sie sind allein seine Sache.

»Danke.« Der Mann macht es sich auf dem Stuhl bequem. »Hast du dich an sie erinnert?«

»Nein, tut mir leid. Ich hörte dir heute zum ersten Mal zu.« Ich mag es, dass er mich duzt.

»Hast du nicht.« Er sieht mich an, als warte er auf die Pointe eines Scherzes.

»Doch. Ich bin vor ein paar Stunden angekommen. Aber ich kenne mich mit dem Sagenkreis um die Tafelrunde aus. Deine Variante war mir jedoch völlig neu.«

»Es ist keine Variante. Es ist die einzig wahre Geschichte.« In seine braunen Augen tritt ein seltsamer Glanz. »Selbst mein Leben ist zu kurz für Lügen.«

»Die wahre?« Ich muss lachen, bemerke dennoch, dass mein Herz plötzlich einen anderen Takt annimmt. »Ich verbrachte meine Kindheit mit Artusromanen. Jeder Autor hat seine eigene Geschichte erzählt. Sicher, sie überschneiden sich in den wichtigsten Punkten, aber ...«

Er ist schön. Nicht dem Anschein nach, sondern von innen heraus. Es ist schwer zu beschreiben.

Je länger ich ihn betrachte, desto faszinierender finde ich ihn.

Ist es sein Blick? Er scheint tiefer zu gehen, bis hinab in die Seele. Doch er legt sie nicht bloß. Zerrt nichts Verstecktes an die Oberfläche, um es Tadel oder Gespött preiszugeben. Er betrachtet es lediglich. Still und freundlich, jedoch mit einer gewissen Neugierde.

Ich beginne zu starren, merke es, kann es nicht ändern.

»Aber?« Er neigt den Kopf, lächelt mit einer Spur von Spott.

»Aber dennoch sind es andere Geschichten. Zumindest andere Variationen.«

Das Leuchten in seinen Augen.

Bilde ich es mir ein oder liegt es am Abendlicht?

»Du kennst die Wahrheit«, klärt er mich mit einer Entschiedenheit auf, die keinen Widerspruch duldet. »Denn ich erzählte sie dir viele Male.«

»Ich bin dir nie zuvor begegnet.« Vermutlich ist es seine Masche, die Leute zu faszinieren und dafür ein Abendbrot spendiert zu bekommen. »Darf ich dich trotzdem zum Essen einladen?« Es wäre mir eine Freude.

»Nein.« Er lehnt sich zurück, zieht das Geld aus seiner Tasche und legt es vor sich auf den Tisch. »Ich bin reich.« Er lächelt so verschmitzt wie ein Junge. »Keine Angst, mein treuer Iven, du wirst während unserer Reise genug Gelegenheiten finden, mich zu umsorgen, zu schützen, zu wärmen und mir immer wieder zu versichern, dass unsere Aufgabe jede Mühe und Qual lohnt.«

»Von was redest du?« Und warum nennt er mich Iven?

»Von dem, was uns erwartet.« Lässig winkt er die Kellnerin zu sich und bestellt zwei Gläser Bordeau. »Es wird dir gefallen. Das hat es stets.«

»Ist es möglich, dass du mich verwechselst?«

»Nein. Das würde bedeuten, dass ich dich aussuchte, aber im Irrtum bin. Doch du suchtest mich aus.«

Er zwinkert, was ihn trotz seiner offensichtlichen Verschrobenheit noch sympathischer werden lässt. »So wie damals.«

»Tut mir leid. Hier liegt eindeutig ein Irrtum vor.«

Wer weiß, was der Kerl geraucht hat.

Er schnappt sich die Karte, fängt an zu blättern. »Sieh mich genau an und sag mir, dass du mich nicht erkennst.«

»Ich erkenne dich nicht.« Dazu muss ich ihn nicht genau ansehen.

»Keine Angst, bald wirst du es.«

Die Kellnerin bringt den Wein und schenkt dem Mann, dessen Namen ich nicht kenne, ein hingerissenes Lächeln. Sie unterhalten sich ein wenig in schnellem Französisch, was meine Fähigkeiten übersteigt. Als sie wieder geht, wirft sie ihm einen koketten Blick über die Schulter zu.

Er nimmt es höflich, aber gelassen.

»Wir könnten einander vorstellen, das wäre ein Anfang.«

»Nicht einmal mein Name fällt dir ein?« Bestürzt sieht er mich an. »Ich habe deinen nicht einen Tag lang vergessen.«

»Iven?« Schade. Er verwechselt mich tatsächlich. »Ich heiße Demian.«

»Nein.« Mit Schwung prostet er mir zu. »Auf die Reise, gleichgültig, wo sie uns hinführt.«

Er ist verrückt. Durch und durch.

Wir stoßen an, trinken beide einen unverschämt großen ersten Schluck. Der Wein ist gut. Sicherlich belasse ich es nicht bei diesem einen Glas.

»Ich bin Louan«, sagt er würdevoll. »Der letzte Schüler Lailokens.«

»Lailoken?«

»Ein Seher und Druide. Im Laufe der Geschichte verwechselten ihn manche Autoren mit Merlin, was selbstverständlich Unsinn ist.«

»Merlin?« Mit Abstand mein Lieblingszauberer in der gesamten Sagen- und Märchenwelt. »Willst du damit sagen, dein Lehrer war Merlins Zeitgenosse?« Ich bin mir nicht sicher, ob sich die beiden dasselbe Jahrhundert geteilt haben.

Aber eine Ahnung wispert mir zu, dass mich Louan auf unterhaltsame Weise aufklären wird.

»Ist schon eine Weile her, ich weiß.«

Er verkauft sich hervorragend. So, wie er sich gedankenversunken über die Stirn streicht und nicht vergisst, diese dramatisch zu runzeln, möchte ich ihm beinahe glauben. In jedem Fall sitzt nicht nur ein guter Erzähler, sondern auch ein erstklassiger Schauspieler vor mir.

»Willst du wissen, wie wir uns das erste Mal begegnet sind?« Sämtliche Runzeln verschwinden und machen einer authentischen Begeisterung Platz. »Es ist eine wunderbare Geschichte.«

»Das glaube ich dir blind. Du bist ein fantastischer Geschichtenerzähler.« Ich freue mich auf einen amüsanten Abend mit ihm.

»Ich bin der beste.« Da ist kein Stolz in der Stimme. Er stellt es lediglich fest. »Das muss ich auch sein, immerhin ist es meine Aufgabe.«

»Geschichten zu erzählen?«

»Dafür zu sorgen, dass die alte Kultur nicht vergessen wird.«

»Du meinst die keltischen Sagen?«

»Ich meine die Erinnerung an die Leben der Könige und Königinnen, an ihre Heldentaten, ihre Opfer.

An ihre Rechtschaffenheit oder Grausamkeit. Sie lebten und starben für ihre Ziele, kompromisslos.«

In Gedanken liege ich wieder auf meinem Bett, bin ein Ritter, der für seinen König in den Kampf zieht. »Ich liebe diese Geschichten.«

»Ich weiß. Denn ich erzählte sie dir.«

Vor Verblüffung vergesse ich zu lachen.

»Damals, als die Herbststürme um euren Hof heulten und du entschieden hattest, dass ich zu schwach wäre, um weiterzureisen.«

Wie ernst er mich ansieht.

»Auf jeden Fall war ich zu schwach, dir zu widersprechen. Also revanchierte ich mich auf meine Weise. Ich erzählte dir während der drei Tage und Nächte von Arthur und seiner Tafelrunde, von Lugh von der Langen Hand und natürlich von Fionn mac Cumhail und seinen Besuchen in der Anderswelt.«

All diese Namen sagen mir etwas. Aber ich habe von ihnen gelesen. Niemand hat mir davon erzählt. Dennoch, das Spiel gefällt mir. Warum nicht mitspielen und sehen, wohin es führt?

»Du bist tatsächlich ein Barde.« Madame Fouet hatte Recht.

Louan zieht eine Grimasse. »Ich bin ein Filid.«

Das Fragezeichen in meinem Gesicht scheint ihn anzuspringen, denn er verdreht mit einem Anflug von Genervt-Sein die Augen.

»Eine Art Druide. Sagt dir das mehr?«

»Tut es.« Mit dem anderen Begriff kann ich nichts anfangen. »Und was machst du, wenn du keine Geschichten erzählst? Schlitzt du Tieren die Gedärme auf und ziehst mit ihrem Blut magische Zirkel?« Ich hasse den Sarkasmus in meiner Stimme. Louan hat ihn nicht verdient.

»Tieropfer sind für manche Rituale nicht stark genug.« Gelassen nippt er an seinem Wein. »Einmal sah ich mich gezwungen, mich selbst zu opfern.«

Sein Blick berührt mich nur flüchtig, dennoch stellen sich mir die Nackenhaare auf.

»Trotzdem benötigte der Zauber Jahrhunderte, um sich zu verwirklichen.«

»Du hast dich selbst geopfert?« Für einen Augenblick vergesse ich, dass ich einem Märchenerzähler zuhöre.

»Für den wichtigsten Menschen in meinem Leben.« Er senkt die Lider, umschließt mit der Rechten das vernarbte Handgelenk. Ein Mantel aus Schwere und Dunkelheit scheint sich auf ihn zu legen. »Ich hätte alles für ihn getan.«

Er spricht von seinem Selbstmordversuch.

Trinke ich Wein mit einem Psychopathen, dessen Leben sich längst mit seinen Dichtungen vermischt hat?

»Dennoch sind derlei Praktiken nicht das tägliche Brot eines Filid.«

Der Eindruck tiefer Traurigkeit verschwindet.

»Seine Aufgabe ist es, verborgene Wege in die Anderswelt zu finden, um Weisheit und Wissen in die Welt der Menschen zu locken. So sorgt er dafür, dass die alte Kultur und ihre Tugenden nicht vergessen werden.«

»Sagtest du nicht, du wärest der Letzte deiner Zunft?«

»Daher habe ich eine Menge zu tun.« Sein Lächeln entspannt die Situation, nimmt ihr jedoch nicht den Ernst.

Er glaubt, was er sagt.

Respekt.

»Ich war bereits viele Jahre in Britannien unterwegs gewesen, bevor mich ein Schiff an die Küste Frankreichs brachte«, beginnt er ohne Vorbereitung mit der Erzählung. »Wohin ich auch meinen Fuß setzte, überall berichtete man mir von den Verwüstungen, die die Nordmänner hinterlassen hatten. Jede Kultur war verloren und der König zitterte in Paris aus Angst vor neuen Überfällen.« Gedankenversunken schwenkt er das Glas und betrachtet den rotierenden Wein darin. »Die Menschen waren dankbar, den Geschichten von Arthur und Gwenhwyfar zu lauschen. Sie weckten in ihnen die Sehnsucht nach helleren, kultivierteren Zeiten. Während sie mir zuhörten, fanden sie Mut und Hoffnung. Beides schien längst in der Dunkelheit versunken zu sein.«

Ich bilde mir ein, den Ruß des Feuers zu riechen, um das ich mit vielen verhärmten Gestalten sitze. Ihre Leiber stecken in Lumpen, ihre Augen liegen tief in den Höhlen. Dennoch lauschen sie jedem von Louans Worten, als wären sie kostbarer als volle Teller und Schüsseln.

32

»Ich kaufte mir ein Pferd, wollte mich ins Inland aufmachen, doch dort wartete der Herrscher der Schatten auf mich.«

Als würde einer dieser Schatten die Nachmittagssonne verdunkeln, erlischt das Leuchten in Louans Blick.

»Wer ist dieser Herrscher?«

»Der älteste Feind des Lichts.« Seine Stimme ist leiser geworden, hat an Stärke verloren. »Lailoken hatte mich vor ihm gewarnt. Er würde an Orten auf mich lauern, wo die Menschen ihr wahres Wesen vergessen hätten. Wo sie stumpf und sinnlos ihr Leben fristeten und keine Gefühle mehr kannten, die das Herz höherschlagen lassen und der Seele Flügel verleihen. Dort, wo nur Angst und Gier herrschen, würde er sich am liebsten aufhalten.«

Mir ist, als wäre ich diesem Herrscher selbst schon begegnet. In jedem teilnahmslosen Blick, in jeder unbedachten Grausamkeit, die sich als Gleichgültigkeit zu tarnen versucht.

Ich wische mir über die Stirn, fühle mich plötzlich seltsam benommen.

»Ich spürte seine Anwesenheit ein paar Tagesritte, bevor ich die Westküste erreicht hatte. Seine Krieger strömten wie Brackwasser aus dem Dickicht. Wie durch ein Wunder entkam ich. Ich hielt weiter auf die Küste zu. Der Schattenherrscher hasst das heranbrandende Meer. Er verabscheut das Leben und das Licht, dass es mit jedem Tropfen an die Felsen spült.

Doch der Kampf mit den Schatten hatte mich geschwächt, so sehr, dass ich mich kaum aufrecht halten konnte. Ihr Herrscher schickte mir ein Unwetter hinterher, hoffte, dass es mich aufhalten würde, und fast wäre es ihm auch gelungen. Allerdings hat derselbe Sturm dich in mein Leben geweht.«

»Mich?« Ich habe den Wein und die Muscheln vergessen. Klebe an Louans Lippen.

»Ja.« Sein Lächeln fließt weich und warm wie die Frühlingssonne. »Plötzlich standest du vor mir. Inmitten von Blitzen und Donnerschlägen.«

Ein Reiter. Mitten auf der baumfreien Ebene. Ich kann ihn nur schwer erkennen, so strömt der Regen.

~ * ~

»Geh ins Haus!« Meine Mutter zerrt mich an der Kapuze zurück. »Der Blitz wird dich treffen!«

Regen klatscht vom Himmel, als wollte er die Welt ertränken. Um mich her zucken Blitze, doch der Donner dazwischen ist schlimmer. So krachend und laut, dass es mir im Leib zittert. Nicht nur vom Widerhall. Auch weil er meine Angst schürt. Dieses Gewitter ist ungewöhnlich. Der Herbst ist weit vorangeschritten, die ersten Winterstürme haben bereits eingesetzt. Ich kann mich so spät im Jahr an kein Unwetter dieser Macht erinnern. Es ist heftiger als nach einem schwülen Sommertag. Außerdem kommt es nicht übers Meer, sondern vom Land.

»Iven!«

»Ja, gleich!« Ich schlage ihre Hand weg. Dafür wird sie mir nachher eins überbraten. Im Moment ist mir das egal. Da hinten auf der Ebene ist jemand. Ein Reiter. Sein Mantel ist nachtblau, sodass man seinen Träger für eine Lücke in den Wolken halten könnte. Aber meine Augen sind gut. Viel besser als die aller anderen.

34

Mein Vater sagte früher, ich sähe Dinge, noch bevor sie Gott erschaffen hätte. Darauf bin ich stolz.

»Ich reite ihm entgegen.« So wie der Reisende auf dem Sattel hängt, ist er entweder verletzt oder halbtot. »Wir werden ihm Obdach anbieten.«

»Was?« Entsetzt starrt mich meine Mutter an. »Und wenn er uns nachts bestiehlt und uns die Kehlen im Schlaf durchschneidet? Was dann?«

»Nicht jeder Fremde ist ein Nordmann.«

»Doch alle Fremden sind Schurken!«

»Nein, sind sie nicht.« Ich kneife die Augen zusammen, bilde mir ein, im Wetterleuchten ein Schwert an seiner Seite auszumachen. »Er ist unbewaffnet«, lüge ich. »Außerdem ist er allein.« Meistens schweigt mein Gewissen und fügt sich, ohne zu murren, meinen Bedürfnissen – bis auf eine Ausnahme. Aber einen Menschen in diesem Höllenbrausen im Stich zu lassen, geht mir gegen den Strich. Der Reisende ist der höchste Punkt weit und breit. Es ist nur eine Frage der Zeit, bis ihm der Blitz das Leben aus dem Körper spaltet.

Der Tod meines Vaters sitzt mir zu schwer im Nacken. Hätte ich vor drei Jahren mein Herz fester in der Hand gehalten, wäre er noch am Leben. Es waren nur zwei versprengte Nordmänner.

Weiß der Teufel, wo der Rest von ihnen steckte. Sie stapften zwischen den Bäumen auf uns zu. Mein Vater brüllte »Lauf!« und hob die Axt, die er bisher nur zum Bäumefällen benutzt hatte. Deshalb waren wir gekommen, um Holz für den Winter zu schlagen.

Ich Idiot gehorchte, versteckte mich zitternd hinter einer ausgebrochenen Wurzel und hörte meinem Vater beim Sterben zu.

Sie haben ihn behandelt wie Brennholz. Einfach auf ihn eingeschlagen. Äxte, ja die hatten sie auch besessen.

Ich kniete bis zur Abenddämmerung neben seiner Leiche. Bat ihn unzählige Male um Vergebung, doch das brachte nichts.

Ich kann mir nicht vergeben. Ich bin stark. Zwar kein Kämpfer, aber ich hätte zumindest versuchen müssen, ihn gegen die Krieger zu verteidigen. Er war mein Vater. Jeden Tag seines Lebens hatte er damit verbracht, mich und meine Geschwister zu beschützen.

Und ich ließ ihn im Stich.

Ich werde nie wieder jemanden im Stich lassen. Ich schwor es an seinem Grab und brannte es mir in die Seele.

Mutter weiß nichts von meinem Schwur. Auch nichts von meiner Feigheit hinter der Wurzel. Sie war einfach nur dankbar, dass wenigstens ihr Sohn den Angriff überlebt hatte. Sie hat nie gefragt, was genau an diesem Tag geschehen ist.

Vermutlich hat sie meine Ruchlosigkeit geahnt und entschieden, dass es für alle leichter ist, sie auf sich beruhen zu lassen.

Es hat lange gedauert, bis ich ihr in die Augen sehen konnte.

Der Mann auf der Ebene ist keiner der Wilden, die mit ihren schmalen Schiffen am Horizont auftauchen und die Siedlungen und Klöster überfallen. Ich weiß, wie die aussehen.

Ein Ritter?

»Ein Bettler«, faucht meine Mutter neben mir. »Lass ihn ziehen und komm endlich rein.«

»Auf einem Pferd?«

»Die Zeiten ändern sich.« Sie spuckt aus, der Gegenwind klatscht die Spucke an ihren Rock. Sie bemerkt es nicht, wischt sich nur den Regen aus dem Gesicht. »Wer es auch ist, ich will ihn nicht unter meinem Dach.«

Seit Vaters Tod will sie niemanden mehr hier sehen. Bis auf Mael, unseren Nachbarn. Hin und wieder teilt sie das Bett mit ihm. Mich macht das wütend aber ich verstehe sie. Es gibt schlimmere Männer als Mael und er behandelt sie gut.

»Das mit dem Entgegenreiten vergiss lieber.« Mutter zuckt unter einem Donnerschlag zusammen. »Das Pferd geht bei diesem Wetter keinen Schritt aus dem Stall.«

Sie hat Recht. Luik ist ein Schisser.

»Ich renne ihm entgegen und du wärmst die Suppe auf.« Ich ziehe mir die längst aufgeweichte Kapuze über den Kopf. »Und denk an den Wein!« Wehe, sie knausert. Wäre ich auf Reisen, was ich dank meiner Mutter niemals sein werde, wäre ich ebenfalls froh, wenn mir jemand einen trockenen Platz und etwas zu essen anbieten würde.

Vor allem während eines Weltuntergangs wie diesem.

Trotz meiner Angst trabe ich durch den Schlamm bis zum Fußpfad. Endlich finden meine Füße zwischen den Steinen Halt.

»Bitte Gott, bewahre mich davor, als verkohltes Mahnmal jugendlichen Leichtsinns zu enden.« Wer bin ich, mich mit einem Ungeheuer von Gewitter anzulegen?

Nein, dieses Mal verstecke ich mich nicht. Keine Wurzel, nur ich, mein polterndes Herz und die Kraft

37

meiner Beine, die sich bei jedem Donnerkrachen zu verflüchtigen scheint.

Wie mag es dem Reiter ergehen? Ein Wunder, dass er sein Pferd im Zaum hält. Luik wäre längst auf und davon und würde sich einen Dreck darum scheren, was mit seinem Herrn hinter ihm geschieht.

Ich renne so schnell, wie es der aufgeweichte Pfad und der Sturm zulassen. Er stiehlt mir die Luft direkt vor der Nase weg.

Endlich erreiche ich den Mann. Mir ist, als wäre ich Ewigkeiten unterwegs gewesen.

»Herr!« Besser, ich hebe die Hand. Er soll mich als Freund und nicht als Feind wahrnehmen.

Er zügelt das Pferd, sieht mir entgegen. Unter der Kapuze seines Mantels hängen ihm die Haare nass ins Gesicht. Es dauert, bis ich die Augen dazwischen erkenne.

Braun wie frische Haselnüsse. Doch mit erschöpftem Blick, der unendlich verloren wirkt.

»Herr, Ihr könnt auf unserem Hof übernachten. Sicher könntet Ihr etwas Wärme und ein gutes Essen vertragen.«

»Danke.« Sein Lächeln ist so müde wie sein Blick. »Aber ich kann dich dafür nicht bezahlen. Ich führe nichts von Wert bei mir und das Pferd brauche ich noch.«

»Ihr müsst nichts bezahlen. Meine Mutter freut sich über Gäste.« Verfluchen wird sie mich.

Die Finger lösen sich von dem Zügel, legen sich mir auf die Schulter. »Danke.«

Es klingt so erleichtert, dass mir warm ums Herz wird. Es war richtig gewesen, durch die Blitze und Donnerschläge zu rennen, um ihm zu Hilfe zu kommen. Es ist noch richtiger, wieder zurückzurennen und dabei ein Stoßgebet nach dem anderen zum wutschnaubenden Himmel zu schicken.

»Ich bin Louan, Meister des ...« Er presst die Lippen zusammen.

»Ja?« Ein Meister. In was? Er wirkt jung. Höchstens eine Handvoll Sommer älter als ich selbst. Nein. Da ist eine schneeweiße Strähne inmitten der dunkelblonden Haare. Kinnlang.

»Nur Louan.« Sein Blick dringt in meinen. Berührt etwas in mir. Es fühlt sich warm an, sanft. Trotzdem erschrecke ich mich. Einfach, weil es zu tief in mir drin sitzt. Es gehört dort nicht hin. Zumindest nicht, wenn mich ein Mann ansieht.

»Es ist nicht nötig, dass du mich *Herr* nennst. Denn das bin ich für dich nicht. Belasse es bei meinem Namen. Alles andere wäre falsch.«

»Ganz wie Ihr ...« Nun ja, wie ein edler Herr kommt er wahrlich nicht daher.

Das Reisebündel und das Schwert sind sein einziges Gepäck. »Ganz wie du wünschst, Louan. Ich heiße Iven.« Ich lächele zu breit. Mir gefällt es, vor einem Fremden nicht katzbuckeln zu müssen. Von gleich zu gleich. So mag ich es. Allerdings hat mir diese Haltung schon einige Prügel beschert.

Erneut leuchtet der Himmel auf und erinnert mich an meinen Leichtsinn. »Noch ein bisschen, und uns schmoren die Blitze. Wir sollten uns beeilen.« Sonst kostet mein Heldenmut zwei Leben statt eines.«

Ich trabe neben dem Pferd her, bis es mir in der Lunge sticht.

Louan scheint andere Sorgen zu haben. Mit angespannter Miene späht er zu unserer Fischerhütte, nimmt auch die Umgebung ins Visier. Als suche er etwas im Geäst der Holunderbäume oder in den Schatten der Mauern. Erwartet er einen Feind? Bei uns zuhause?

Sollte er meine Mutter meinen, gebe ich ihm Recht. Aber die hockt nicht im Holunderbaum wie eine Hexe, sondern wird ihm direkt auf der Schwelle in die Haare fahren.

Wenn man vom Teufel spricht. Sie erscheint breithüftig und bedrohlich im Hoftor, unsere Magd Mari, mit Dreschflegel bewaffnet, taucht hinter ihr auf.

Ich murmele einen Fluch.

»Du bist sicher, dass ich bei euch willkommen bin?« In der sanften Stimme liegt eine Spur Hohn.

»Ja«, erwidere ich so überzeugend, wie es mir angesichts meiner kampfwütigen Mutter möglich ist. »Hochwillkommen.«

Ich werfe ihr einen strengen Blick zu, der sie nicht im geringsten schert.

Was soll das? Nach Vaters Tod war und bin ich der Herr im Haus! Mir wächst ein Bart! Er ist schütter, aber wen stört das? Meine Schultern sind breit und die Kraft meiner Arme reicht aus, um berstend volle Fischernetze ins Boot zu ziehen.

Louan steigt vom Pferd. Kaum berühren seine Füße den Boden, knicken seine Beine ein. Stöhnend lehnt er sich gegen das Tier.

Er ist erschöpft. Bis auf die Knochen.

Meine Mutter bemerkt es ebenfalls. Die Kampfwut weicht zumindest einen Schritt zurück. »Was zwingt Euch, bei diesem Wetter zu reisen?«

»Meine Pflicht.« Er hebt den Blick, strafft die Schultern.

Für einen Moment scheint alle Müdigkeit von ihm abzufallen.

»Und wohin führt Euch eure Pflicht?«

Am liebsten würde ich ihr die Neugierde aus dem Hals würgen!

»Nach Osten«, antwortet Louan freundlich. »So nah wie möglich an der Küste entlang.«

»Und ...«

»Schluss jetzt!« Will sie ihm Löcher in den Bauch fragen? »Lass ihn zuerst essen und schlafen.«

Sofort tritt reine Mordlust zurück an ihren Platz. Sie gilt mir, nicht unserem Gast.

»Ganz wie befohlen.« Ihr Blick degradiert mich zu etwas, das sich in der Stellung weit unter der Hauskatze wiederfindet. »Verzeiht meine Vorsicht«, wendet sie sich mit einem nur wenig überzeugenden Lächeln an Louan. »Aber es herrschen düstere Zeiten.«

»Das ist wahr.« Louan neigt zur Begrüßung den Kopf. »Daher danke ich dir umso mehr für deine Gastfreundschaft.«

Mutters Brauen wandern in die Höhe, ihre Lippen spitzen sich. »Ihr scheint ein redlicher Mann zu sein.« Schon klingt sie freundlicher. »Meine Magd wird sich um das Pferd kümmern und mein Sohn um Euch.«

Louan nickt, murmelt erneut einen Dank.

Mich beschleicht das Gefühl, dass er sich keinen Augenblick länger auf den Beinen halten kann.

»Komm, ich helfe dir«, sage ich leise und lege ihm den Arm um. »Meine Mutter mag eine Furie sein, aber sie kocht ausgezeichnet und mit ihrem Eintopf im Bauch stirbt es sich einfach angenehmer.« Hoffentlich bleibt es bei einem Scherz. So schwer, wie er sich auf mir abstützt, scheine ich der Wahrheit recht nah gekommen zu sein.

Ich führe ihn ins Haus.

Der Wein steht erhitzt auf dem Tisch und aus der Schale dampft die Suppe. Auch ein Stück Brot liegt daneben.

Na bitte. Geht doch.

Ich helfe unserem Gast aus dem Mantel, hänge das nasse Ding ans Feuer.

Steif wie ein alter Mann lässt sich Louan auf den Hocker sinken.

Ich setze mich neben ihn, fülle seinen Becher. »Iss und trink, dann wird das wieder.« Sicherheitshalber schiebe ich ihm die Schüssel näher.

Er starrt darauf, als wäre bereits das zu viel von ihm verlangt. »Ich kann nicht.«

»Warum nicht?« Ein Gelübde? In seinem Zustand sollte er das schnell vergessen.

Er nimmt den Löffel zur Hand, stochert in der Suppe herum. Er entgleitet seinen Fingern. »Ich kann einfach nicht.«

»Wann habt Ihr das letzte Mal gegessen?«, fragt meine Mutter streng.

Louan schüttelt den Kopf. »Ich weiß es nicht.«

»Und wann geschlafen?«

Er sieht sie an, als hätte er die Frage nicht verstanden.

Offenbar ist es schon länger her. Länger, als ihm guttut auf jeden Fall.

»Er ist zu müde«, bemerkt meine Mutter mit erstaunlich freundlichem Ton. »Zum Essen und zum Leben. Er muss sich ausruhen, sonst wird das nichts mit ihm.« Sie nickt zu meiner Kammer. »Hilf ihm ins Bett und

42

versuche, ihm wenigstens den Wein einzuflößen. Das wird ihn wärmen.«

»Er soll bei mir schlafen?«

»Bei mir wird er es nicht tun, aber du kannst gerne Mari um diese Gefälligkeit bitten.«

»Vergiss es.« Tropfnass betritt Mari das Haus. »Nachher stirbt er heute Nacht und seine schwindende Seele hält sich an meiner fest und nimmt sie mit.«

»Schon gut.« Ich habe kein Problem damit, mein Bett mit schwindenden Seelen zu teilen. Nur eng wird es werden und auf dem kalten Boden schlafe ich auf keinen Fall. Selbst ein König würde mich nicht dazu bringen.

Meine Kammer ist mir heilig. Zwar nur ein Anbau, doch ich habe ihn eigenhändig errichtet. Der Grund war simpel.

Die gemeinsame Schlafkammer war mir ein Grauen. Das Gestöhne meiner Eltern während sie es miteinander trieben, stellte mir die Haare einzeln auf.

Nach einiger Zeit fanden auch sie diese Lösung weniger sonderbar als praktisch und wollten meinen kleinen Bruder und meine Schwester ebenfalls dort unterbringen. Mit Händen und Füßen wehrte ich mich dagegen. Die Kammer war mein Reich und ein Ort, an dem *ich* ungestört vor mich hinstöhnte, wenn sich meine Finger nachts zwischen meine Beine verirrten. Die Blagen hatten dort nichts zu suchen.

Den Winter darauf starben sie. Alle beide. An einem verfluchten Fieber. Damals ist ein großes Stück meines Herzens abgebrochen.

Ich lege mir Louans Arm um die Schulter, hieve ihn auf die Beine.

»Bring uns den Wein hinterher«, bitte ich Mari, die schon zu Krug und Becher gegriffen hat.

Louan zittert. So sehr, dass seine Zähne aufeinanderschlagen. Das ist nicht gut. Was, wenn er krank wird? Wenn er tatsächlich stirbt? Ohne Suppe im Magen? Hätte ich bloß diesen blöden Scherz nie ausgesprochen! Er muss aus den nassen Sachen. Sie kleben ihm am Körper, machen alles nur schlimmer.

Er kriecht aufs Bett, bevor ich die Chance habe, ihm die Tunika auszuziehen.

Wie glänzend ihre Zierborten sind. Als wären sie mit Seide gestickt worden. Was sie vermutlich sind. Allerdings kenne ich Seide nur vom Hörensagen.

Die Stiefel fordern mich ebenfalls heraus. Ich ziehe Louan fast vom Strohsack bei dem Versuch, ihn davon zu befreien. Ganz zu schweigen von der ungewöhnlich eng geschnittenen Hose. Mir wird seltsam, während ich sie ihm von den schlanken, langen Beinen pelle. Zum Glück ist die Bruoch nicht durchnässt. Aber sauber ist sie auch nicht mehr.

Gott steh mir bei. Ich muss Louan komplett entkleiden.

Wo ist das Problem? Ich bin ein Mann, der einem anderen dabei hilft, sich den Tod wegen nasser Kleidung zu ersparen.

Dennoch wird mir warm und wärmer.

Zum Schluss ist das Untergewand dran. Nicht zu vergleichen mit meinem rauen Hemd. Glatt und geschmeidig fühlt es sich an.

Feine Stoffe für jemanden, der darauf verzichtet, *Herr* genannt zu werden.

Wie ein Baby rollt er sich zusammen.

»Nein, so geht das nicht.« In dieser Stellung kann ich nichts ausrichten. »Das Hemd muss weg, Decken drauf und Wein muss in deinen Magen. Mein letztes Wort.«

»Ich bin nicht so weit, Meister Lailoken«, murmelt er mit geschlossenen Augen. »Ihr dürft nicht sterben.«

»Wer ist Lailoken?« Ich fühle seine Stirn, bete, dass sie nicht heiß ist. Ist sie nicht. Dafür kalt. Eiskalt.

»Herrje!« Fort mit dem Hemd. Egal, wie edel es sein mag. Lieber eine gerissene Naht als der Tod.

Ich drehe Louan auf den Rücken, schäle seine steifen Arme aus kalter Nässe. Mir steht der Schweiß auf der Stirn, so anstrengend ist das. Mir ist überhaupt recht warm. Beim Anblick seines sehnigen Körpers wird es um einiges schlimmer.

Kein gutes Zeichen.

Vor ein paar Jahren beobachtete ich Mari beim Baden. Ich dachte, es wäre spannend, eine nackte Frau zu sehen. Ein Irrtum. Jedenfalls schoss mir das Blut weder in die Wangen, noch in die Lenden.

Jetzt schon.

So grob ich kann, wische ich mir seltsame Gedanken und prickelnde Gefühle aus Kopf und Leib.

Louan ist ein schöner Mensch. Ich mag schöne Menschen. Das ist alles.

Überhaupt sieht er anders aus als die Leute, die ich kenne. Feingliedriger, schmaler im Gesicht und seine Augen wirken, als hätte jemand ein Licht darin angezündet.

Wenn er sie denn jemals wieder öffnet. Gerade lasten die Lider darauf. Sie schimmern violett.

Auch kein gutes Zeichen.

Flüchtig streiche ich ihm die helle Strähne aus dem Antlitz.

Weiß. Wie frisch gefallener Schnee. Nicht grau, nicht blond, nicht silbern, sondern wahrhaftig weiß.

Ein seltsamer Mann. Hoffentlich erzählt er morgen etwas von sich.

Sollte es ihm besser gehen.

Richtig. Dafür muss ich sorgen.

Auf seine Geschichte bin ich gespannt.

Was ich an Decken auftreiben kann, wickele ich um ihn. Eine davon stopfe ich ihm unter den Kopf. »So, jetzt trinkst du den Wein, verstanden? Er ist das Beste, was wir dir bieten können.« Ein schlichter Tropfen aber immerhin. Schließlich sind wir auch nur schlichte Menschen.

Da kein Widerwort kommt, führe ich ihm den Becher an die Lippen.

Louan nippt, seufzt beinahe behaglich. Wir verkleckern eine Menge, doch es funktioniert. Ich schenke nach, trinke ihn selbst aus. Langsam habe ich ein wenig Entspannung ebenso nötig wie er.

Der nächste geht an das klägliche Bündel Mann unter einem Haufen Decken. Beim dritten Becher werden die fahlen Wangen rosa und ein seliges Lächeln erscheint hin und wieder auf den Lippen. Sie sind eher schmal, aber schöner geschwungen als die von Mari.

Und gar nicht mehr blaugefroren. Auch die Zähne haben aufgehört, aufeinanderzuschlagen.

Mir wird seltsam zumute, während ich ihn ansehe. So sehr, dass es mir im Herzen zieht. Ein eigenartiges Gefühl. Schwer, tröstend, traurig, dennoch so wertvoll, dass ich es nicht hergeben will.

Mich muss der Teufel reiten, warum sonst fahre ich mit dem Finger über Louans Mund? Er ist klebrig und feucht vom gesüßten Wein.

»Danke«, murmelt Louan und lächelt erneut.

Meint er den Wein oder meine Berührung? Ich schäme mich für diese stumme Frage. Möchte sie am liebsten aus meinem dummen Schädel verbannen.

Sie hält sich dort wie eine garstige Zecke.

Sein Mund. Er verlockt mich mehr als die ersten süßen Kirschen im Sommer. Das will etwas heißen.

Mein Kopf fühlt sich leer an. Mein Körper leicht.

Und warm. Außerordentlich warm. Vor allem um die Mitte herum. Da ist ein Pochen, es kommt nicht vom Herz.

Sein Mund.

Sein wunderschöner Mund.

Er nähert sich, füllt mein Gesichtsfeld beinahe aus. Ich schließe die Augen, als sich unsere Lippen berühren.

Louan seufzt. Seine Lippen bewegen sich an meinen.

Er erwidert den Kuss.

Den Kuss?

Ich küsse einen Fremden.

Einen Mann.

Gott, er schmeckt so gut. Vielleicht komme ich hierfür in die Hölle. Vielleicht auch nicht.

Sämtliche Gedanken lösen sich auf, als ich deutlich Louans Zungenspitze zwischen meinen Lippen spüre. Sie dringt sacht in meinen Mund, begegnet meiner eigenen.

Oh Gott, ich brenne. Auch ohne Hölle. Es fühlt sich gut an. So gut, dass ich aufstöhne und bete, dass es niemand, außer Louan, gehört hat. Ich versinke in dem Kuss, während mir das Herz so fest gegen die Rippen kracht, dass sie garantiert zersplittern werden. Auch das ist mir egal.

Louans Lippen trennen sich von meinen, sein Kopf sinkt zurück auf das Lager. Seine Miene ist friedlich, die Augen sind geschlossen.

Er schläft.

Meine Hand zittert, als ich mir über den Mund fahre. Keine Frage, er hat nie etwas Wundervolleres erlebt als das gerade eben.

In meinem Schritt pocht es unerträglich, aber mich hier, neben Louan von dem Druck zu befreien, ist ungebührlich. Man spritzt keinem Gast aufs Bettzeug. Auch nicht, wenn man diesem Gast eine schmerzhafte Härte verdankt.

Ich verkrieche mich ans Fußende des Lagers, schlinge die Arme um den Laib und versuche, zu Ruhe zu kommen. Die Kerze lasse ich brennen. Sonst könnte ich das schöne Gesicht nicht mehr sehen, nicht mehr die geschwungenen Lippen.

Das wäre furchtbar.

~ * ~

Mein Mund steht offen. Ich bemerke es, schließe ihn, spüre die Trockenheit im Inneren. Völlig von der Geschichte gefesselt greife ich zum Glas und leere es.

»Du erzählst fantastisch.« Mir kam es so vor, als hätte ich alles durch Ivens Augen gesehen. Selbst seine Gefühle haben sich in meinem Körper eingenistet. Ich bin erschrocken über die Erregung, die beharrlich zwischen meinen Beinen pocht.

Louan angelt eine Muschel aus dem Topf, greift zu meiner Gabel und pult das Innere aus der Schale.

»Ich erwähnte ja, dass ich der Beste bin.«

»Eine Stegreifgeschichte?« Ich zwinge mich zu einem sarkastischen Tonfall, schon um seiner Arroganz etwas entgegenzusetzen. »Oder erzählst du sie jedem, der sie hören will.«

»Es ist deine Geschichte. Warum sollte ich sie jemand anderem erzählen?« Er sagt es mit derselben Selbstverständlichkeit, mit der er eine zweite Muschel isst.

Ich schiebe den Topf näher zu ihm. »Nimm. Sie sind gut.« Mein Appetit hat sich verflüchtigt. Zumindest, was das Essen betrifft.

»Westlich von Quimper, direkt an der Küste, liegt der Ort, wo früher dein Zuhause war. Wenn du möchtest, lotse ich dich hin und du kannst dich dort umsehen.«

»Ich wurde in Hamburg geboren.« Was für ein skurriles Spiel. Es macht mir immer mehr Spaß.

»Dein Körper schon.« Mit einem leisen Schmatzen verschwindet eine weitere Muschel in seinem Mund. »Deine Seele nicht.«

»Interessante Theorie.« Ich lehne mich zurück, verschränke die Arme vor der Brust. »Das würde erklären, weshalb ich diese Gegend so schätze.«

»Du liebst sie.« Mit der Gabel schwenkt er in meine Richtung. »Und ich auch, aber nur wegen dir. In deiner Fischerhütte verbrachte ich drei Tage und Nächte und glaub mir, zwischen uns ist mehr geschehen, als dieser eine Kuss.«

Mir wird heiß. »Sollte das eine Anmache sein, gelingt sie dir. So originell hat mich noch niemand versucht zu verführen.«

»Du glaubst mir nicht«, sagt er traurig. »Ich hoffe, das ändert sich, wenn du den Rest der Geschichte kennst.«

Kann es nicht erwarten, seinen Worten zu lauschen.

»Am nächsten Tag plante ich die Weiterreise. Mein Ziel war Rouen, wo ich hoffte, einen Kollegen meiner Zunft zu treffen. Er war wie ich einst ein Schüler Lailokens und hatte sich bereiterklärt, die Bürde meiner Aufgabe mit mir zu teilen. Aus Sicherheitsgründen wählte ich einen Weg an der Küste entlang, dennoch wusste ich nun, dass ich auch dort nicht mehr sicher vor dem Herrscher der Schatten war.«

»Du hättest Iven bitten können, dich zu begleiten. Er schien mir recht kräftig zu sein.« Es fällt mir schwer, ein Grinsen zu unterdrücken, doch ich will Louan weder kränken, noch ihn aus der Erzählung bringen.

»Nein, das hätte ich nicht. Es wäre zu gefährlich für dich gewesen. Ich trug das Wissen der alten Kultur mit mir. Ihr Licht, all die Erinnerungen und Geschichten. Selbst wenn mich ein Heer von Kriegern begleitet hätte, der Schattenherrscher hätte mich aus ihrem Kreis wie eine Rosine herausgepickt.« Sein schiefes Lächeln macht ihn attraktiver, als er ohnehin schon ist. »Aber da war kein Heer, das bereit gewesen wäre, mir Schutz anzubieten. Ich war allein.« Er betrachtet den Wein in seinem Glas, seine Miene wird ernst. »Und ich fürchtete mich davor. Mehr, als du dir vorstellen kannst.«

»Was hatte der Schattenherrscher mit dir vor?«

Die Kellnerin fragt, ob wir noch etwas möchten, doch Louan winkt ab.

Schade, mir wäre nach einem weiteren Wein gewesen. Einem besonders hervorragenden, Louans Geschichte angemessen.

Er wartet, bis die Frau gegangen ist, bevor er das Wort ergreift.

»Mir den Atem zu nehmen.«

Dieses Mal gelingt ihm das Lächeln nicht. Zu viel Angst liegt in seinem Blick.

»Mich zu ersticken, damit ich niemandem von Lailokens Lehren und der Zeit vor der dunklen Gleichgültigkeit erinnern kann. Denn dann würden die Menschen im Lauf der Jahre so werden, wie er sie will. Klein, ängstlich, auf sich bezogen und blind gegenüber den Tugenden, die früher ihr Dasein bestimmt hatten.«

»Von welchen Tugenden sprichst du?« Ich bin wieder der Junge auf dem Bett, die Nase in Büchern und mein Herz schwillt vor eingeredeter Ehrenhaftigkeit.

»Demut.« Eine elegante Geste begleitet das Wort. »Tapferkeit und Freundlichkeit, Treue und hingebungsvolle Liebe an eine Aufgabe, die größer und wichtiger ist als man selbst.« Er zwinkert, bricht jedoch damit nicht den Bann, den er um mich gewoben hat. »Großzügigkeit.«

»Was ist mit Ehre?« So sehr sie mich in meiner Jugend fasziniert hat, mit meinem jetzigen Leben hat sie wenig zu tun.

Louan nickt. »Auch Ehre, wobei sie mehr Schattierungen in sich birgt, als die Farbe des Meeres unter wechselndem Himmel.«

»Dann besteht Hoffnung für mich?« Ich versuche, es spöttisch klingen zu lassen. Es misslingt.

»Ehre war nie deine Haupttugend. Doch deine Tapferkeit hat mir mehr als einmal das Leben gerettet und in deine Liebe und Treue zu mir durfte ich mich oft fallenlassen. Gerade in Zeiten, in denen ...«

Als hätte ihm jemand die Worte vom Mund gestohlen, starrt er mich an. »Sie sind hier.« Er sieht sich um, scheint nichts ausmachen zu können. »Wir müssen fort.«

»Warum?« Honfleur ist der friedlichste Ort der Welt.

Er steht auf, blickt zur Kirche hinüber.

Schwankt er? Oder bilde ich es mir ein? Nein, da ist es wieder. Als hätte ihn für einen Moment die Kraft seiner Beine verlassen.

Einen Augenblick lang senkt er die Lider, dann überquert er die Straße. Er taucht in den Schatten der Kirche, verschwindet in ihrem Eingang.

Ich klemme fünfzig Euro unter mein Glas und folge ihm.

Habe ich den Verstand verloren?

So etwas ist nicht meine Art. Weder meinen Verstand zu verlieren noch einem Fremden hinterherzulaufen. Ich mache es dennoch.

Im Inneren empfängt mich Stille, um die ein Schild am Eingang ausdrücklich bittet. Eine Frau zündet eine Kerze für jemanden an, eine andere folgt ihrem Beispiel.

Ich lasse das Weihwasserbecken links liegen. Gott ist eine Idee, die funktioniert. Mehr nicht. Das Gefühl missachteter Liebe, das sich bei diesem Gedanken in mir ausbreitet, ignoriere ich. Ebenso meinen Wunsch, an ihn glauben zu dürfen.

Louan sitzt in einer der hintersten Bänke direkt am Rand. Sein Kopf ist gesenkt, die Hände im Schoß gefaltet.

Nie käme ich auf die Idee, einen Betenden zu stören, also schlendere ich wie die zwei Herren vor mir an den Wänden entlang und heuchele Interesse für das Bildnis einer jungen Nonne. Auf diese Weise ist es mir möglich, ihm unaufdringlich nah zu sein. Es ist wichtig für mich, obwohl ich nicht weiß, warum.

»Weshalb bist du mir gefolgt?« Er lässt den Kopf gesenkt. Auch seine Augen hält er geschlossen. »Sorgtest du dich um mich?«

»Ja.« Eine Tatsache. Sie erstaunt mich, für gewöhnlich sorge ich mich um niemanden.

»Dann bedeute ich dir etwas?«

»Ja.« Zu solchen Zugeständnissen lasse ich mich selten hinreißen.

»Weil du mich begehrst oder weil du mich liebst?«

Die Frage überfordert mich. Ich kenne ihn kaum. Wie sollte ich ...

»Weil ich dich begehre, weil mich deine Geschichte fasziniert, weil ich die Nacht mit dir verbringen möchte, weil ich wissen will, ob dein Kuss so hingebungsvoll ist, wie in deiner Erzählung.« Es gibt Menschen, die kann man nicht anlügen. Unter allen Umständen verdienen sie die Wahrheit.

Endlich hebt er die Lider. Er sieht mich an, als wäre ich der gescheiterte Held eines Dramas.

Ich begreife sein Mitgefühl nicht. Mir geht es gut und wenn ich scheitere, nehme ich es hin.

Ohne auf seine Aufforderung zu warten, setze ich mich neben ihn »Ich wollte dich bei deiner Kontemplation nicht stören.«

»Doch das hast du getan.«

Eine ehrliche Antwort. »Soll ich gehen?« Ich will es nicht, aber ich spiele fair.

Louan neigt den Kopf, blickt mir mit einer Aufmerksamkeit in die Augen, dass ich mir nackt und bloß vorkomme.

»Du wirst mir schaden.«

Mich erfasst ein Schauder. Es ist kühl hier drin. Das wird es sein.

»Warum sollte ich?«, versuche ich, über das unbehagliche Gefühl in meinem Nacken hinwegzureden.

Es bleibt und klagt mich an.

Warum? Nichts liegt mir ferner, als Louan ein Leid anzutun.

»Weil du nicht anders kannst.« Er klingt traurig. »So lange du dich für den hältst, der Demian heißt und dich wie er vom Wind ziellos durch die Welt treiben lässt, bist du mir keine Hilfe.«

»Du brauchst Hilfe?« Er ist ein Spinner. Der Gedanke ist glasklar. Doch ein ungemein attraktiver und liebenswerter Spinner.

»Mehr, als du denkst.«

Wie verloren er wirkt.

»Von wem?«

»Von Iven.«

»Ich dachte, ich bin Iven?« Verfluchter Sarkasmus.

»Das ist wahr.«

So viel Autorität in der Stimme. So viel Würde im Blick. Als wäre er uralt und kein junger Streuner.

»Aber du glaubst es nicht und so lange bist du mir keine Hilfe.«

»Sag mir, dass ich den Heiligen Gral für dich finden soll, und ich tue es.« Bin ich bei Sinnen?

54

Wo zum Teufel kamen die Worte her? Ich beiße mir auf die verräterischen Lippen, um diejenigen, die noch dahinter lauern, einzusperren.

»Der Gral wird gut bewacht.« Er spricht, als handele es sich um etwas Banales. »Da ich weiß, wo er sich befindet, musst du ihn nicht für mich suchen.«

»Fein, das beruhigt mich.« Wie flach ich klinge. Ich sollte mich schämen.

»Wenn du wüsstest, wie sehr ich dich brauche, wärest du erschrocken«, sagt Louan leise. »Damals hast du mir deine Dienste aufgeschwatzt und ich war kaum imstande, sie dir auszureden. Jetzt hast du vergessen, wer du bist.«

»Dann erzähle es mir.« Ich höre meinen Worten zu, während mir mein Verstand an die Kehle springt. »Berichte mir von Iven und erkläre mir, was du von ihm erwartest.«

»Das weißt du.«

Mit der dunkelsten Ecke meines Herzens sehne ich mich danach, ihm zu empfehlen, einen guten Psychiater zu konsultieren und anschließend einfach zu gehen.

Eben jenes Herz würde in Scham versinken.

»Nur eine Nacht«, höre ich die sanfte Stimme durch das Chaos in mir. »So lange musst du es schaffen, mich vor den Schatten zu verbergen. In dieser Zeit erzähle ich dir alles über dich, was ich weiß. Doch zum Dank begleitest du mich auf meiner Reise.«

»Wohin führt sie?« Es ist mir egal. So lange ich nur eine Weile in seiner Nähe bleiben kann. »Ich bin vollkommen frei, zu tun und zu lassen, was mir beliebt.« Was für ein federleichtes Gefühl in diesem Satz schwingt.

»Danke.« Er nimmt meine Hand, legt sie auf seine Brust. »Dafür, dass du mich nicht für verrückt hältst.«

Sein gleichmäßiger Herzschlag pocht gegen meine Finger.

»Nenn mir unser Ziel.« Geplantes Reisen ist neu für mich.

»Dein Heimatdorf.« Sein Lächeln erlischt. »Wenn mich die Schatten so weit kommen lassen.«

»Die Schatten?« Es könnte ein Codename für eine kriminelle Bewegung sein. »Redest du von Terroristen? Oder der Mafia?«

Oder irgendeine Regierung, und du bist der Terrorist?

Der Gedanke streift mich, ohne seine Spuren in mir zu hinterlassen.

Louan gibt meine Hand frei. Sie verharrt dennoch auf seinem Herz. »Terroristen?« Seine Geste verwirft die Idee, als handele es sich um eine Bagatelle. »Nein. Die Schatten sind gefährlicher. Subtiler.« Er blickt nach vorn, runzelt die Stirn. »Sie knechten die Menschen, ohne dass diese es bemerken. Von Jahrhundert zu Jahrhundert greifen sie tiefer in ihre Seelen, dimmen das Licht, bis es schließlich erlischt.«

Da ist etwas Helles, Fragiles. Es schimmert aus seinem Inneren hervor. Flüchtig, unendlich wertvoll.

Ich will es ins Herz schließen und geborgen halten.

Was ist nur los mit mir? So denke ich nicht, so fühle ich nicht. Als hätte ich Demian Eibenstetter im Bistro sitzen gelassen und wäre nun jemand völlig anderes.

Ich habe kein Problem damit, eine Reise mit einem mir fast Unbekannten zu unternehmen. Die Unverbindlichkeit meines Lebens schützt mich normalerweise vor zu viel Nähe und sämtlichen Schwierigkeiten, die sich daraus ergeben.

Hier, in dieser Holzkirche, lässt sie mich im Stich. Nichts ist mehr unverbindlich. Genau das macht mir Angst. Ich verstehe es nicht.

»Ich bedaure deinen Kampf.«

Woher weiß er, was in mir vorgeht?

»Ich kann ihn dir nicht erleichtern. Er gehört zu dir und wartet schon lange darauf, ausgetragen zu werden. Es ist besser, du stellst dich ihm gleich. Sonst wird es nur schlimmer.« Er steht auf, geht die Bank entlang bis zum Mittelgang. Ohne sich nach mir umzusehen oder auf mich zu warten, verlässt er die Kirche.

»Er ist ein Herumtreiber«, flüstere ich, nur, um meiner Stimme zu lauschen und zu wissen, dass ich noch der Alte bin. »Ein Habenichts und Tunichtgut. Mehr nicht.«

~ * ~

»Für welches Fach hast du dich entschieden?« Mein Onkel blättert in dem Studienführer, steht zu nah neben meinem Schreibtischstuhl.

Instinktiv weiche ich zurück. »Ich weiß nicht, was ich werden will.« Ich habe das Ding nicht einmal aufgeschlagen.

Um seinen Mund entsteht ein harter Zug. Er weist eindeutig nach unten. »Die schriftlichen Prüfungen liegen hinter dir. Es wird höchste Zeit, dass du dein Leben planst.«

»Ich bekam noch keine Noten.« So berauschend sind die Prüfungen nicht für mich ausgefallen. »Wahrscheinlich muss ich ein paar Wartesemester einschieben.« Ein Jahr work and travel in Frankreich, ein zweites in Irland. Die Prospekte liegen unter meinem Kopfkissen. Jede Nacht träume ich davon, endlich aufzubrechen.

»Vergiss die Wartesemester«, sagt er in einem Ton, als hätte ich ihm vorgeschlagen, Straßenmusiker zu werden. »So etwas ist Zeitverschwendung.«

»Zu reisen ist keine Zeitverschwendung!« Ich bin ihn so leid! Sein Gerede, seine Strenge, seine permanenten Ermahnungen. »Hier!« Ich schnappe mir die Unterlagen, halte sie ihm vor die Nase. »Ich werde arbeiten für meinen Unterhalt. Du musst nichts dafür bezahlen und in ein paar Wochen bin ich achtzehn, dann kannst du mir so wie so nichts mehr vorschreiben!« Meine Schläfen pulsieren vor Wut. Er ist nicht mein Vater, er hat mir nichts zu befehlen!

»Du willst also ein Herumtreiber werden? Ein Habenichts und Tunichtgut wie dein Vater.« Über die Prospekte hinweg taxiert mich sein durch und durch enttäuschter Blick. »Ich hatte gehofft, dich zu einem Mann erziehen zu können, wie Tomke einer geworden ist.

Ein Mann mit Rückgrat, der sich nicht scheut, Verantwortung zu übernehmen.«

Tomke ist großartig. Ich mag ihn, mehr als jeden meiner Freunde. Trotz des Altersunterschiedes von elf Jahren. Und ich weiß mehr über ihn, als sein Vater. Zum Beispiel, dass er sich liebend gern in Schwulenbars herumtreibt. Dass er mich zum Abschied auf den Mund küsst, wenn kein anderer im Raum ist. Dass er nur deshalb seinem Vater keine Widerworte entgegenschleudert, weil es ihm die Mühe nicht wert ist. Niemand ändert meinen Onkel. Auch nicht sein eigener Sohn. Tomke hat das erkannt und rät mir oft, dessen Standpauken wie einen kalten Wind durch mich hindurchwehen zu lassen und dabei möglichst freundlich zu gucken.

Ich kann das nicht. Ich bin nicht wie er. Weder sanft noch gelassen. Außerdem will ich mir nicht anhören müssen, dass mein Vater ein verantwortungsloser Versager war.

Obwohl es stimmt.

»Wähle ein Studium mit Zukunft.« Er klatscht den verdammten Studienführer auf den Schreibtisch. »Und schlage dir die fixen Ideen aus dem Kopf, dein Leben auf der Straße zu suchen. Denn dort wirst du enden, wenn du nicht endlich vernünftig wirst.«

Ich will ihm so viel entgegenschleudern. Tausend wütende Worte warten darauf, ausgespuckt zu werden. Stattdessen presse ich meine Lippen zusammen und sehe zu, wie mein Onkel aus der Tür geht. Natürlich schließt er sie leise. Er hat sich wieder im Griff. Dass er den Studienführer auf den Tisch geschmissen hat, war ein Ausrutscher.

Ich habe nichts im Griff. Am wenigsten meinen Zorn.

Und ich hasse die Tränen, die er mir in die Augen treibt. Eine Zeitlang starre ich aus dem Fenster, bemerke kaum, dass es draußen dunkel wird.

Jemand klingelt an der Haustür, Tomkes Stimme dringt bis zu mir. Mein Onkel klingt bedrückt, während er seine Standardfragen stellt und schließlich von unserem Streit erzählt.

Herumtreiber. Das Wort höre ich ganz deutlich.

Einen Augenblick später klopft es.

»Demian?«

»Komm rein.«

Tomke betritt grinsend mein Zimmer. »Langsam bin ich es leid, von euren ständigen Reibereien zu hören.« Er setzt sich auf mein Bett, blättert nebenbei in dem Reiseprospekt. »Das ist dir wichtig, hm?«

»Ja.« Wichtiger als mein beschissenes Abitur, dieses Zimmer, meine oberflächlichen Freundschaften.

»Du könntest diese Reise verschieben, was ist so schlimm ...«

»Alles!« Er versteht es nicht. Ist mir egal. »Ich muss unterwegs sein, Tomke!«

»Warum? Bis jetzt kamst du so klar.«

»Nein! Ich bin nie klargekommen. Du hast es bloß nicht bemerkt!« Mir steigen Tränen in die Augen. Fluchend wische ich sie weg.

Er legt die Unterlagen beiseite, zieht mich neben sich aufs Bett. »Erklär es mir. Und zwar für Extradoofe.« Er rümpft die Nase, spart sich jedoch das Grinsen. »Ich will nur sichergehen, dass ich es auch kapiere.«

Wo soll ich anfangen? »Hattest du schon einmal das Gefühl, dass etwas Bedeutendes auf dich wartet?«

»Du meinst nicht den Heiligen Gral, oder?« Sein Blick schweift über meine Bücher. »In diesem Fall müsstest du dich hinten anstellen. So weit ich weiß, ist die Schlange der Gral-Besessenen recht lang.«

Okay. Ich dachte, er nimmt mich ernst.

»Tut mir leid, erzähl weiter.«

»Vergiss es.«

»Hey!« Er packt mich im Genick, rüttelt viel zu sanft, um mich zu beeindrucken. »Erzähl weiter!«

»Hat sich erledigt.« Schwachsinn, mit jemand anderem darüber zu reden. Ich verstehe es ja selbst kaum.

»Du musst etwas suchen, von dem du nicht weißt, ob es existiert, ja?«

»Halt den Mund.«

»Klingt für mich nach einer fixen Idee.«

»Los, sag es!«

»Was soll ich sagen?«

»Dass ich genau so verrückt bin wie mein Vater.« Das höre ich mir schon lange genug an.

Tomke zuckt die Schultern. »Ich mochte Onkel Markus. Er war ein bisschen verschroben, aber das hat mich nie gestört. Allerdings bin ich ziemlich sicher, dass er nichts Bedeutendes suchte, sondern vor etwas Bedeutendem fortlief.«

60

Flüchtig wuschelt er mir übers Haar. »Vor der Verantwortung, dein Vater zu sein, zum Beispiel.«

»Du hältst ihn für einen Versager!«

»Und du hältst ihn für verrückt. Was ist besser?«

»Er hat sich um mich gekümmert! Immer!«

»Bis zu dem Tag, als er es nicht mehr getan hat.«

Ich wünschte, ich hätte den Mut, ihn zu schlagen.

Besänftigend hebt Tomke die Hände. »Tut mir leid, aber Onkel Markus hat uns allen eine Menge Sorgen bereitet, als er damals verschwunden ist. Paps hat nächtelang kein Auge zugetan. Im Gegensatz zu seinem Bruder war er sich seiner Verantwortung dir gegenüber nämlich bewusst.«

»Aha. Fein, dass ich den Grund für seine Tyrannei kenne.« Das macht es nicht erträglicher für mich. Ich will diese Reise, verdammt!

»Sieh ihm seine Strenge nach. Er möchte nur, dass aus dir was Vernünftiges wird.«

»So was wie du?«

»Wie ich?« Er runzelt die Stirn, als hätte er keinen Schimmer, wie stolz sein Vater auf ihn ist.

»Er will, dass ich so verantwortungsvoll werde wie du.«

»Oh Mann!« Tomke lacht. »Na ja. Beim Sex benutze ich Gummis. Ich finde, das ist schon ziemlich verantwortungsvoll.«

Seine Grimasse verscheucht einen Teil der Wut in mir.

»Aber ich befürchte, das meint er nicht, oder?«

»Wie ist es so?« Ich stelle mir Tomke beim Sex vor. Liegt er oben? Oder unten?

»Was meinst du?«

»Sex mit einem Kerl.« Mir wird heiß. Greife mir in den Schritt, fühle, wie mein Schwanz immer fester gegen meine Handfläche drückt.

Tomke bemerkt es. Seine Pupillen weiten sich. »Ein guter Fick ist was Feines.«

Seine Stimme klingt anders als sonst. Rauer.

»Fick mich.« Binnen Sekunden schlägt mein Zorn in Lust um. »Gleich hier. Dein Vater hat für heute genug von mir. Er wird uns nicht stören.«

Wir haben es noch nie miteinander getan, doch ich wette, Tomke ist scharf darauf.

Seine Hand legt sich an meine Wange, sein Daumen streichelt über meine Lippen. »Führe mich nicht in Versuchung, Kleiner.«

Genau das will ich.

Ich lasse mich gegen ihn sinken, presse meinen Mund auf seinen.

Tomke packt mich an den Schultern, drückt mich zurück. »Verdammt, weißt du nie, wann Schluss ist?«

»Bitte.« Ich biedere mich an und hasse es. Aber ich brauche irgendetwas Gutes, etwas Nahes, das mir zeigt, dass ich nicht allein bin.

Tomkes Blick wird weich. »Nicht heute.«

Dennoch küsst er mich zärtlicher und länger, als er es jemals zuvor getan hat.

Ich schlinge die Arme um ihn, halte mich an ihm fest.

Bis Tante Paula zum Abendessen ruft.

»Scheiße!« Meine Augen stehen schon wieder unter Wasser. Dieses Mal vor Frustration.

Tomke schnappt sich eine Socke vom Boden, wischt mir damit im Gesicht herum. »Bloß ein paarmal schlafen und du bist achtzehn. Danach kannst du verreisen, wohin du willst. Aber bis dahin solltest du weder deine noch Paps' Nerven überstrapazieren.«

»Was ist mit deinen?« Ich beiße mir auf die Unterlippe und hoffe, dass es so sinnlich und verführerisch rüberkommt, wie geplant.

»Meine?« Tomke reißt die Brauen in die Höhe. »Die sind recht stabil.«

»Dann wünsche ich mir von dir ein ganz spezielles Geburtstagsgeschenk.« Ich greife ihm zwischen die Beine, reibe mit Genugtuung über seine Erektion.

»Paps irrt sich in dir.« Genießend schließt er die Augen. »Du bist vielleicht ein Herumtreiber, doch keinesfalls ein Tunichtgut.«

»Wie kommst du denn jetzt darauf?« Ich packe fester zu.

Tomke stöhnt auf, lässt sich nach hinten fallen. »Weil du mir guttust. Sehr, sehr gut sogar.«

Tante Paula ruft erneut und dieses Mal fluchen wir beide. Wir grinsen einander an, während Tomke das Ergebnis meiner Zuwendung zurechtrückt.

Als wäre nichts geschehen, finden wir uns im Esszimmer ein.

Mein Onkel sitzt bereits am Tisch. Sein Blick streift mich, nimmt mir die warme Leichtigkeit weg, die mir Tomke eben ins Herz geküsst hat.

~ * ~

Louan ist ein Herumtreiber. Wie ich.

Ich folge ihm vor die Kirche.

Er steht an einen der Holzpfeiler gelehnt. Sein Gesicht ist schlohweiß.

»Louan?« Ich lege ihm die Hand auf den Rücken, höre und spüre sein schweres Atmen.

»Sie sind hier.« Er schließt die Augen, ringt nach Luft. »Ich bemerkte es vorhin schon. Lailoken hat mich gewarnt. Sie würden mir selbst auf geweihtem Boden auflauern.«

Niemand lauert. Da sind nur Touristen, Spaziergänger, Händler und zwei Gendarme. Zwar sehen sie zu uns herüber, reden auch miteinander, unternehmen jedoch keine Anstalten, zu uns zu kommen.

»Sieh hin!«, bringt er mühsam hervor. »Da ist ein Schatten. Bemerkst du ihn nicht?« Er zeigt zur linken Seite der Kirche. »Er scheut den direkten Angriff, weil zu viele Menschen hier sind. Er hasst es, Aufmerksamkeit zu erregen. Das ist nicht seine Art. Er agiert stets aus dem Verborgenen heraus.«

Ich kneife die Lider zusammen, scanne die Gegend. Da ist nichts Ungewöhnliches. Hat er einen Anfall? Auf jeden Fall geht es ihm schlecht. Auch körperlich.

»Ich habe hier ein Zimmer. Möchtest du dich dort ausruhen?«

Madame Fouet kennt ihn. Eventuell weiß sie, wie ihm zu helfen ist.

Etwas duckt sich an die Kirchenwand. Etwas Dunkles, das mit dem Holz verschmilzt. Es sieht zu mir herüber.

Unsinn. Wie soll etwas ohne Augen sehen können?

Ich bilde mir das ein. Louans Geschichte lässt meine Fantasie überreagieren.

Kälte. Sie kriecht durch meine Haut, presst mein Herz zusammen.

Louan stößt Worte hervor. Sie klingen hart, sind mir vollkommen fremd. Dazwischen höre ich einen Namen. Iven. Das Einzige, was ich verstehe.

Ich lege den Arm um ihn, ziehe ihn an mich. »Was geschieht hier?« Nackte Angst. Dieses Gefühl hat mich lange nicht mehr heimgesucht.

64

»Du spürst es?« Er klingt beinahe erleichtert.

»Etwas ist dabei, mein Herz einzufrieren.« Mir fällt keine bessere Beschreibung ein.

»Ich habe dich keinen Augenblick zu früh getroffen.« Keine Ahnung, wie er ein Lächeln zustande bringt.

»Willst du mir immer noch helfen?«

»Ja.« Ich fixiere den Punkt an der Kirchenwand.

Kein Schatten. Zumindest kein unnatürlicher. Mein Herz entspannt sich, lässt Wärme zu.

Doch eine Einbildung?

»Gib mir mehr Informationen. Was war das eben?«

»Nein.« Er atmet tief ein und aus, als hätte er lange Zeit keine Luft bekommen. »Es tut mir leid, aber hier geht es nicht um dich und deine Wünsche.«

»Wünsche?« Ich fasse es nicht. »Dann gib mir etwas anderes. Etwas, das mir hilft, das hier zu verstehen.«

»Das kann ich nicht.« Er tritt einen Schritt zurück, befreit sich aus meiner Umarmung. »Stattdessen werde ich noch mehr von dir fordern.«

»Was?« Ich gebe ihm schon jetzt mehr, als ich es je für einen anderen getan habe.

»Vertrauen.«

»Du verlangst verdammt viel von einem Fremden.« Diese Situation driftet ins Unwirkliche. Ich sehe ihr dabei zu, vermag es nicht, sie aufzuhalten. Das Problem: Ich stecke mittendrin.

»Du warst bereit, es mir freiwillig zu geben. Und du bist kein Fremder.«

»Ach nein?« Was hindert mich daran, ihn einfach hier stehenzulassen und zu vergessen?

Alles.

»Du hast mir dein Zimmer zum Ausruhen angeboten«, sagt er in kühlem Tonfall. »Gilt das noch?«

»Natürlich.« Der Mann macht mich wahnsinnig. Wie schafft er es, mir ständig solche Zugeständnisse zu entlocken?

Wir gehen nebeneinander her, wobei ich hin und wieder einen Seitenblick riskiere. Sein Profil ist so markant und ansprechend wie der Rest von ihm. Seine ernste Miene drückt eine Entschlossenheit aus, die ich bisher bei niemandem gesehen habe. Als hänge das Glück der Welt allein von seinem nächsten Schritt ab.

Er ist ein Spinner, flüstert mein Verstand. *Verführe ihn und lass ihn morgen früh ziehen, wie du es mit allen deinen Abenteuern machst.*

»Ich bin kein Spinner.« Seine Stimme klingt hart. »Und ob du mich verführst oder nicht, du wirst mich danach nicht fortschicken. Dazu steckst du schon zu tief in dieser Geschichte.« Er sieht mich an und ich fühle mich klein und unbedeutend.

Woher weiß er, was ich dachte?

»Was hier geschieht, ist kein Zufall. Du hast mir vor langer Zeit Treue geschworen und exakt die fordere ich jetzt von dir ein.«

Ein Anflug von Empörung, viel zu lasch für meine Verhältnisse. Ein anderes Gefühl drängt sie beiseite. Es fordert, auf ein Knie zu sinken und den Eid zu erneuern.

Einzelne Worte trudeln hafenlos in meinem Geist.

Hingabe, Liebe, Tapferkeit.

Sie zupfen an einer längst vergessenen Saite, bringen sie zum Schwingen. Ein tiefer, beständiger Ton klingt in meiner Seele.

»Du wirst es verstehen.« Louan sieht mich mit einer Milde im Blick an, von der ich sicher bin, sie nicht zu verdienen.

66

»Ich trage den.« Ich ziehe ihm den Rucksack von der Schulter, lade ihn meiner auf. Es fühlt sich richtig an. Ich hätte es gleich tun sollen. Etwas wie Scham weht mich an. Ebenfalls ein Gefühl, das mir bisher fremd war.

Schweigend gehen wir durch Gassen, die von Sandalentritten und Geschnatter bersten. Ich nehme es kaum wahr. Nur den Mann neben mir. Er erfüllt mein gesamtes Bewusstsein.

Vor der Crêperie bleibe ich stehen. »Wir sind da.« Ich versuche zu lächeln, gebe es jedoch auf. Ich bin zu eingeschüchtert. Oder erschüttert. Oder einfach nur komplett aus der Bahn geworfen.

Nein. Ich bin ergriffen. Von einem Gefühl stillen Friedens in mir. Es ist mir vertraut. Vor langer Zeit war es der Grund für jede meiner Taten.

Ich schließe die Augen, ringe darum, wieder in der Realität anzukommen. Ich bin Demian Eibenstetter, Sohn eines verschollenen Vaters und einer Mutter, die ich nie kennenlernte.

Ich bin derjenige, der auch an Weihnachten kein Problem damit hat, ohne Familie dazustehen. Ich bin der Mann ohne Bindungen, ohne Verpflichtungen.

Ich liebe diesen Zustand.

Ich bin frei.

Ich bin wurzellos.

Mein Selbstbild zerfällt zu einem Haufen Asche.

»Lass uns hineingehen.« Louan berührt mich am Arm. »Du wirst dich erinnern.«

»An was?« Mein Kopf schwirrt. Da ist etwas. Es will an die Oberfläche, doch mein Verstand zerrt es immer wieder hinab.

»An alles, was nötig ist.«

Da ist nichts. Es gibt nichts zum Erinnern. Und dieser Schatten an der Kirche? Die Kälte?

Einbildung.

Meine Hand zittert dennoch, als ich den Schlüssel für mein Zimmer ins Schloss stecke.

»Bitte, mach es dir bequem, ich organisiere dir etwas zu essen.« Die paar Muscheln vorhin können ihn unmöglich gesättigt haben. »Was brauchst du noch?« Mir ist, als hätte ich diese Worte schon oft gesagt.

Zu ihm. In anderen Herbergen. Auf anderen Reisen.

Ich erschaudere, hoffe, dass er es nicht bemerkt.

»Ich weiß, dass ich viel von dir verlange«, sagt er freundlich. »Das tat ich stets. Ohne dein Vertrauen und deine Hilfe hätte ich bereits vor langer Zeit versagt.«

Diese sanfte Stimme. Ich kenne sie, liebe sie. Und ich habe ihr unzählige Male gelauscht.

Und gehorcht.

Ich stehe an der Tür, sollte hinab gehen und zumindest einen Crêpe besorgen.

Meine Beine verweigern jeden Schritt. »Wer bist du?«

»Louan, letzter Schüler Lailokens und Hüter des Alten Lichtes.«

Ach könnte ich doch lachen. Lauthals.

Ich schweige.

»Beruhigt es dich zu erfahren, dass du mich als deinen Herrn ausgewählt hast? Ich wollte deine Dienste nicht. Ich wollte niemandes Dienste.«

»Weil du niemanden belasten wolltest«, fließen die Worte aus meinem Mund. »Aber ich erkannte auf den ersten Blick, dass du ohne mich verloren warst. Du wärst ohne mich längst tot.« Ich resigniere vor der Situation.

»Das wäre ich tatsächlich. Du hast mich am Leben gehalten. Selbst als ich es nicht mehr wollte.«

»Sei still.« Ich bekomme es mit der Angst zu tun.

Ein Flehen. So leise und nur in meinem Inneren. Jemand bittet mich, ihn allein zu lassen. Er fasst mein Handgelenk, führt es zu seinem Mund. Er küsst meinen Puls.

Die Berührung seiner Lippen ist unendlich zart.

Es wäre vorbei. Er hätte ein Recht darauf, diese Reise zu beenden. Viel zu lange würde sie schon dauern.

Nein. Das hat er nicht.

»Du hast dich mir bereits am ersten Morgen angeboten, kaum, dass ich die Augen geöffnet hatte.« Louan nimmt auf dem Sessel am Fenster platz, weist auf denjenigen gegenüber. »Bitte setz dich.«

Zögernd folge ich seiner Aufforderung, als wäre ich sein Gast und nicht er meiner. »Erzähle.« Bevor ich nicht weiß, wie die Geschichte endet, finde ich keine Ruhe.

~ * ~

Er schläft wie ein Toter. Ich knie mich vor das Bett, betrachte ihn aus der Nähe.

Seine feinen Gesichtszüge. Wo er wohl herkommt? Jedenfalls nicht aus dieser Gegend.

Eine Hand liegt auf der Decke. Auch die Finger sind feingliedriger als meine. Vermutlich ist das normal. Ein Herr wie er wird seine Zeit weder mit Holzhacken noch mit dem Fischen verbringen. Aber er trägt ein Schwert bei sich, demnach kann er damit umgehen. Sollten seine Hände nicht kräftiger erscheinen?

Vorsichtig fahre ich mit dem Finger über seine Handfläche.

Da sind kaum Schwielen. Oft benutzt er seine Waffe anscheinend nicht.

Kein Ritter. So viel steht fest. Hat er schließlich nie behauptet. Dann dient die Klinge lediglich dem Notfall. Wenn er sich einem Wegelagerer gegenübersieht oder einer Horde Wikinger.

Mir wird flau. Was will Louan gegen diese Unholde ausrichten? Mein Vater war stark. Es brachte ihm rein gar nichts.

Hätte ich doch ...

Nein. Diese Gedanken ziehen mich in den Höllenschlund und da will ich nicht hin. Nicht nach dem Kuss.

Meine Lippen prickeln. Wollen noch einmal fühlen, was ihnen gestern vergönnt gewesen war.

Louans Lider zucken. Auf drei bin ich auf den Beinen und klebe mit dem Rücken an der Tür.

Blinzelnd sieht er mich an. Er scheint verwirrt.

»Erinnerst du dich an das Gewitter? Da habe ich dich rausgeholt. Ganz allein.« Nur, dass ihm bewusst wird, wem er sein Leben verdankt.

Im Zweifel wäre er nicht vom Blitz getroffen worden. Könnte durchaus sein, dass er auch die Nacht in Nässe und Kälte überstanden hätte. Wer weiß das schon? Aber ebenso gut könnte er jetzt tot und erschlagen im Gras liegen und sein verwaistes Pferd würde ihm traurig an den angesengten Haaren knabbern.

»War die Nacht ruhig?«, fragt er, als hätte er mir nicht zugehört.

70

Wieso sieht er mich so besorgt an? Er ist derjenige, der wie ein nasser Lappen auf dem Strohsack liegt.

»Der Herbststurm hat am Dach gerüttelt. So gesehen war die Nacht nicht ruhig.« Mein immer wieder davongaloppierendes Herz verschweige ich ihm. Der Kuss hat es bis tief hinein aufgerüttelt.

Louan runzelt die Stirn. »Keine Finsternis? Keine Schatten, die sich im Haus ausbreiten?«

»Finsternis?« Der Arme. Seine bisherige Reise muss ihm arg zugesetzt haben. »Es war Nacht und es herrschte ein Gewittersturm. Natürlich war es finster und ein paar Schatten huschten auch über die Wände, schon weil die Kerze brannte.« Um ihn anzusehen.

Um mich in qualvoll süßer Lust zu winden, die ich aus Gründen des Anstands nicht befriedigte.

Ein wenig bin ich auf meine Selbstbeherrschung stolz.

»Das meine ich nicht.« Er setzt sich auf, fasst sich benommen an die Stirn.

»Mach langsam. Du scheinst eine Menge hinter dir zu haben, da wird einem komisch, wenn man zu schnell aufsteht.«

»Hör mir zu.« Er streckt seine Hand nach mir aus.

Ich folge der Aufforderung, bis ich vor ihm stehe.

Es fühlt sich gut an, als sich seine Finger um mein Gelenk schließen.

»Schatten, die deine Brust eng werden lassen. Die dir den Atem nehmen und dir kalte Angst ins Herz gießen.«

Mich schaudert es. »Nein. So etwas ist nicht geschehen.« Und das soll es auch nicht. »Sicher hast du nur dunkel geträumt.«

Er sieht immer noch blass und elend aus. Kein Wunder, wer weiß, wann er das letzte Mal gegessen hat?

»Dann wäre mein ganzes Leben ein dunkler Traum.« Matt reibt er sich über die Stirn. »Und du der erste Lichtblick seit langem.«

Ich bin sein Lichtblick.

Verfluchtes Grinsen! Gestohlen soll es mir bleiben!

Es denkt nicht daran, breitet sich bis zu den Ohren aus.

Ob sich Louan an den Kuss erinnert?

»Sie verfolgen meine Spuren von Anbeginn meiner Reise.« Er schlägt die Decke zurück, steht auf.

Nicht starren, ermahne ich mich streng. Ja, er ist eine Augenweide. Deshalb starrst du ihn trotzdem nicht an!

Verwirrt sieht er an sich hinab. »Wo sind meine Kleider?«

»Ich gab sie Mari zum Waschen.« Meine Stimme klingt wie ein Reibeisen. »Hier.« Ich schnappe mir den Stapel Wäsche, den ich extra für ihn bereitgelegt habe. Hemd, Bruoch, ein warmer Wollkittel und Strümpfe. Auch seine Stiefel aus feinem Leder werden die groben Dinger nicht eleganter erscheinen lassen.

»Viel schlichter, ich weiß. Doch es ist ja nur so lange, bis deine Kleider trocken sind.« Schlicht? Ärmlich!

»Danke, aber ich sollte den Rest von mir ebenfalls waschen.« Plötzlich wirkt er beschämt. »Es tut mir leid, mich dir so präsentieren zu müssen. Die Reise war lang und ich hatte unterwegs kaum Gelegenheit ...«

»Ist mir klar, dass du nicht in jeden eiskalten Tümpel springen wolltest, um deiner Körperpflege genüge zu tun. Bei mir ist der Badetag auch längst überfällig.«

72

Könnte ich mich nur trotz seiner Nacktheit entspannen!

»Soll ich dir eine Schüssel mit Wasser bringen?« Wenn ich ernsthaft den Zuber von meiner Mutter fordere, haut sie mir eins um die Ohren. So viel Mühe und Verschwendung von Brennholz wird sie für einen Durchreisenden nicht akzeptieren.

»Ja bitte.« Wieder sieht er an sich hinab. »Das wäre nett.«

Zwar hätte ich ein ordentliches Frühstück für ihn wichtiger gefunden als warmes Wasser, doch es ist seine Entscheidung.

Ich trolle mich, bin froh, einen Moment vor seiner verführerischen Gegenwart zu entfliehen. Mit mir stimmt etwas nicht. Habe ich längst vermutet. Nun ist es bewiesen. Louan ist ein Mann und dennoch der Auslöser für die sinnlichsten Gedanken, die ich mir je zugetraut hätte.

Macht mich das glücklich?

Meinen Unterleib ja. Mein Herz ebenso. Auch meinen Mund. Aber mein Verstand setzt mir klipp und klar auseinander, was meine Mutter und der Rest der Welt davon halten werden.

Schweigen. Im Moment das beste Mittel, um mit der Situation fertig zu werden.

Mutter fuhrwerkt an der Kochstelle. Dummerweise mit unserer Brotbackschüssel. Bis auf den Zuber und den Eimer das größte Gefäß im Haus.

Louan wird sich mit dem Eimer begnügen müssen. Immerhin ist er halbvoll mit Wasser. Das spart mir vorerst den Gang zum Brunnen.

Ein missgelaunter Blick streift mich. »Und? Wie geht es deinem Gast?«

»Er ist auch dein Gast.«

»Wie geht es *unserem* Gast?«

»Er möchte sich waschen, bevor er meine Kleidung anzieht.«

Sie verzieht den Mund.

Was gefällt ihr nicht an seinem Wunsch nach Sauberkeit? Er ist ein vornehmer Mann, ob er Herr genannt werden will oder nicht. Vornehme Leute bemühen sich um Reinlichkeit.

Einfache ebenso. Wir zum Beispiel. Außer es ist Herbst und die letzten Sommergewitter wechseln sich mit den ersten Winterstürmen ab. Dann bereitet das tägliche Bad im Meer so wenig Freude, dass ich es von meiner Aufgabenliste streiche.

»Hast du seine Wäsche gesehen?« In ihre Augen tritt ein gieriges Glitzern. »Alles vom Feinsten. Von der Bruoch bis zum Mantel. Sicher ist er ein vermögender Herr.«

»Nein, ist er nicht. Er sagt, bis auf das Pferd besäße er nichts an Wert.«

Mutters Schnauben macht mich wütend. Erwartet sie, dass ich sein Gepäck nach Goldstücken durchsuche?

»Wir füttern und betten ihn und er spielt den Knauser?« Mit Schwung schleudert sie den Teig in die Schüssel und walgt ihn durch, als wollte sie ihn an Louans Stelle bestrafen. »Das kann er vergessen. Er zahlt für jeden Brotkrumen.«

»Bisher hat er nichts gegessen.« Ich muss sie zur Seite drängen, um an den Wasserkessel über der Feuerstelle zu gelangen.

»Was ist mit seiner Mantelspange?«

Herrgott noch mal!

»Ringe hat er ja keine getragen.«

»Er wird sich schon erkenntlich zeigen!« Heißes Wasser zu kaltem gießen und verdrängen, dass sich die eigene Mutter in eine hartherzige Matrone verwandelt hat.

Es ist meine Schuld. Vaters Tod hat die Wärme aus ihrem Herz verscheucht und es stattdessen mit Misstrauen und Härte gefüllt.

Hätte ich damals ...

Schluss. Es ist geschehen. Es bringt nichts, mein Hirn wund zu grübeln. Sicher wird der Tag kommen, an dem ich für meine Feigheit büßen werde. Doch bis dahin werde ich mich um die Aufgaben kümmern, die mir vor die Füße fallen. Im Moment ist das Louan.

Im Vorbeigehen schnappe ich mir den Schwamm und eines der Tücher.

Louan steht an dem winzigen Fenster, eine Decke um die Schultern geschlungen, und betrachtet den diesigen Morgen. Seine Miene ist entspannt, fast heiter.

»Das Morgenlicht.« Ein Lächeln tanzt auf seinen Lippen. »Siehst du es?«

»Draußen ist es neblig und grau.« Von Licht kann keine Rede sein.

»Achte nicht auf die Wolken. Sie sind nur vorübergehend. Blicke durch sie hindurch bis zu dem Ort, an dem sich deine Seele geborgen fühlt.«

»Meine Seele fühlt sich dort geborgen, wo sich auch mein Körper geborgen fühlt.« Auf weichem Sand, Sonne im Gesicht. Das Rauschen der Wellen erzählt mir von fernen Ufern und fremden Ländern und ich beginne zu träumen, sie alle eines Tages zu besuchen. Spätestens dann kackt mir eine Möwe auf den Bauch und mir fällt ein, dass ich ein Fischer bin, der in einem Weiler zusammen mit anderen Fischern sein Leben zwischen Netzen und Fischgedärmen verbringt.

Als wäre ich nicht im Zimmer, befreit er sich von der Decke und mich von dem Eimer. Er stellt ihn auf den einzigen Hocker, taucht den Schwamm hinein.

Ich sollte gehen.

Ja, sollte ich.

Auf keinen Fall sollte ich zusehen, wie ihm das Wasser in Rinnsalen über die Brust fließt, sich in den hellen Härchen verfängt.

Ich sollte ihn allein lassen.

Louan sieht mich an. Seine Mundwinkel zucken nach oben, während er den Schwamm erneut ins Wasser taucht.

»Ich geh dann mal«, würge ich aus meiner engen Kehle.

In meiner Brust pocht es hart.

Zwischen meinen Beinen auch.

Wie ein Depp stolpere ich aus der Kammer, wie ein Dieb flüchte ich aus dem Haus.

Höchste Zeit zum Fischeausnehmen. Wenn mir das Innenleben meines morgendlichen Fangs zwischen den Fingern glitscht, bringt mich das garantiert auf andere Gedanken.

Oder auch nicht.

Fast bin ich mit meiner Arbeit fertig, als ich hinter mir Schritte höre. Es sind keine, die ich kenne. Also kommt nur Louan in Frage.

Er hockt sich neben mich, sieht mir einen Moment zu. Er hat sich rasiert. Kinn und Wangen sind glatt und wund.

»Mari war mir hierbei behilflich.« Grinsend fährt er sich über die roten Stellen. »Sie meinte, ich würde mit dem Bart sonst wie ein Wikinger aussehen.«

Niemand, der Augen im Kopf hat, würde ihn für einen dieser Berserker halten.

»Danke für den Kuss gestern Nacht.«

Mir fällt das blutbeschmierte Messer aus der Hand.

»Ich wurde schon lange nicht mehr, auf diese Weise, liebkost.«

Wieso sagt er das ausgerechnet jetzt, wo ich meinen widerspenstigen Körper beinahe wieder im Griff habe?

»Gern geschehen.« Himmel!

Gibt es einen größeren Trottel auf Gottes weiter Erde?

»Wie lange bleibst du?« Nur eine Frage, um von meiner Erschütterung abzulenken. »Das schlechte Wetter scheint anzuhalten.« Möglichst gelassen nicke ich zu dem Eisgrau über dem Meer.

Ich will mehr als diesen Kuss. Weiß nicht genau was, aber mehr. Um das zu bekommen brauche ich Zeit.

»Deine Mutter ist bereit, mir ihre Gastfreundschaft drei Tage zu gewähren.«

»Dein Ernst?« Wie hat er sie dazu gebracht?

Louan lacht über mein Erstaunen. »Der Preis ist angemessen. Sie möchte die Fortsetzung von der Geschichte hören, die ich ihr während meines Frühstücks erzählte.«

»Du hast ihr etwas erzählt?«

»Und es hat ihr gefallen.« Sein Blick in die Ferne ist ebenso weit wie das Meer. »Ich tausche oft Lieder oder Geschichten gegen Nahrung und ein Dach über dem Kopf.«

»Du bist ein Geschichtenerzähler?«

»Ich bin ein Filid.«

So, wie er das sagt, erwartet er von mir, dass ich mit dem Begriff etwas anfangen kann.

Kann ich nicht.

»Ein Druide.« Er rümpft die Nase. »Nun ja, zumindest etwas Ähnliches.«

Hielte ich mein Messer noch in der Hand, fiele es mir zum zweiten Mal hinab.

Ein Druide. Ein Magier der alten Zeit!

»Neben anderen Dingen beherrsche ich die Kunst des Geschichtenerzählens also von Berufswegen.«

Ich mag sein Zwinkern. Weil es mit einem Lächeln verbunden ist, das mein Herz wärmt und ignoriert, dass ich ein Idiot bin.

»In Dalriada verbrachte ich viele Jahre damit, von meinem Lehrer die Kunst der Dichtung und des Gesangs zu lernen. Ebenso die Sagen meines Volkes und die Geschichte der Könige und Herrscher, die in der Zeit erblüht und wieder erloschen sind.«

Nur eine kleine, flüchtige Geste mit der Hand.

Sie wirkt so anmutig, dass ich die Finger küssen will.

»Und noch das ein oder andere.«

Was meint er mit *das ein oder andere*?

»Es ist für dich nicht von Belang«, beantwortet er meine gedachte Frage. »Aber es wäre mir eine Freude, auch dich mit meinen Geschichten zu unterhalten.«

Kein Wunder, dass sich meine Mutter auf den Handel eingelassen hat. Wenn er mit dieser wohlklingenden Stimme erzählt hat, ist sie garantiert wie Butter in der Sonne geschmolzen.

So wie ich.

»Wo liegt Dalriada?« Auch davon habe ich nie gehört.

Was weiß ich überhaupt? Fühle mich plötzlich klein und unwichtiger als ein Floh im Hundefell.

»Weit im Norden. Ein wildes und dennoch sanftes Land, doch das versteht nur der, der es gesehen hat. Du musst übers Meer fahren, um dorthin zu kommen.

Aber dann erwartet dich ein Ozean aus Grün, das am Scheitelpunkt der endlosen Hügel den Himmel küsst.«

Seine Augen leuchten. »Du riechst es, du schmeckst es und nachts träumst du von ihm und all den seltsamen Wesen, die sich zwischen Baumwurzeln und dem Glitzern der Bäche verbergen.«

»Was für Wesen?« Mein Geist füllt sich mit Feen und knorzigen Gnomen.

»Sie lassen sich nur selten blicken«, erzählt Louan mit dieser Stimme, die mich mehr und mehr in ihren Bann schlägt. Sie berichtet von Kreaturen, die gleichzeitig überwältigend schön und dennoch so erschreckend sind, dass die Haare der Menschen erbleichen, kaum, dass sie ihrer gewahr werden.

Wohlige Schauder fließen mir über den Rücken. Ich will sie sehen, diese Wesen. Und ich will endlose Tage und Nächte hindurch Louans Zauberstimme zuhören.

»Sind deine Haare deshalb so weiß?« Meine Finger wollen sich in der farblosen Strähne verirren, zucken erschrocken zurück. Ich würde seine feinen Haare mit blutigem Schleim besudeln.

Auch die blassen Wangen möchte ich berühren, was noch weniger möglich ist.

Louan lacht. »Nein. Das Weiße ist ein Andenken an eine anstrengende, doch wundersame Zeit an einem der seltsamsten Orte, die du dir vorstellen kannst. Er verbirgt sich hinter Nebelschleiern inmitten eines Sees. Mir wurde gesagt, niemand könnte ihn mehr erreichen, da die Nebel ihn vor neugierigen Augen für immer verbergen.

Aber ich fand einen anderen Weg, der erstaunlicher war als die Insel selbst.« In seiner Miene spiegelt sich reines Glück mit einer Prise Stolz. »Die Menschen dort nennen sie Apfelinsel.«

»Klingt nicht sonderlich beeindruckend für den seltsamsten Ort der Welt.« Ich hätte mir etwas Mystischeres gedacht.

»Gefällt dir Ynis Avalach besser?« So, wie er den Namen ausspricht, ist er heilig für ihn.

»Viel besser. Vorstellen kann ich es mir trotzdem nicht. Dazu habe ich zu wenig von der Welt gesehen.« Ich kenne nur den Weiler und den Wald.

Und das Meer. Wenigstens ein Stückchen davon.

»Du bist weise.« Er sagt es ohne Spott. »Sehnst du dich nach Abenteuern?«

»Ja.« Mich erschreckt meine eigene Spontanität. »Mehr, als du ahnst.«

»Oh, ich ahne eine Menge. Auch das gehört zu meinem Beruf.« Der Anflug von Hochmut in seiner Stimme wird durch die Liebenswürdigkeit seines Blickes gemildert. »Manchmal bringt es Unglück, seine Träume in die Wirklichkeit zu zerren. Manchmal ist es jedoch die einzige Möglichkeit, seinen Frieden zu finden.«

Meinen Frieden verlor ich vor drei Jahren hinter einer Baumwurzel. Was ich weiß: Hier werde ich ihn nicht finden.

»Wenn du weiterziehst, möchte ich dich begleiten.«
Bin erschrocken über meine eigenen Worte. Es ist mir
unmöglich, fortzugehen. Mutter braucht mich,
obschon sie das nie zugeben würde. Ich werde hierblei-
ben, irgendein Mädchen heiraten, sie schwängern, ein
paar Geburten miterleben und zusehen, wie sie bei der
letzten stirbt.

Nein, das muss nicht sein. Es stirbt sich auch prima
am Fieber oder unter den Streitäxten fremder Plünde-
rer.

Was denke ich bloß? Kann mein Kopf nicht Ruhe
geben?

Tut er ja. Er sagt: Exakt so wirst du es machen. Und
am Ende deines Lebens stirbst du mit etwas Glück auf
diesem Stückchen Erde, umgeben von deinen Kindern
und Enkeln. Bis auf den Blick übers Meer zum Horizont kennst du nichts. Was dahinter liegt, hat dich
nicht zu interessieren, und wenn zehnmal wilde Hor-
den von genau dort kommen, um über die Siedlungen
herzufallen. Du weißt nichts über ihre Heimat, nichts
über Dalriada und nichts über Louans Heimat, wo
immer sie ist.

Er hat die Welt gesehen, weiß, was hinter dem Horizont wartet. Er war dort gewesen, hat wichtige Dinge
gelernt. Hat Geschichten mitgebracht, Lieder und Sagen. Auch das Licht in seinen Augen?

So viele Fragen und ich wage nicht, sie zu stellen.

Er ist so anders als ich.

»Du gehörst hierher.« Seine Worte tauchen in den
Nebel, werden kühl und schwer. »An meiner Seite
würdest du Rastlosigkeit und Angst vor der Dunkelheit
erfahren.«

»Sie ist harmlos.« Schlimme Dinge geschehen, wann immer sie wollen. Sie scheren sich einen feuchten Dreck, ob Tag oder Nacht herrscht.

»Aber nicht das, was sich in ihr verbirgt.«

Als wäre seine Stimme plötzlich von Eissplittern überzogen worden.

Wie die Hand eines Toten umschließt die Kälte mein Herz, lässt es vor Angst stolpern.

Auch als Louan aufsteht und zurück zum Haus geht, hält sie es noch gefangen.

~ * ~

Kälte. Wie ein Echo aus Louans Erzählung. Sie greift nach mir.

Nur eine Geschichte. Gut ausgedacht, hervorragend erzählt. Niemals sollte ich sie für bare Münze nehmen.

Doch den Schatten neben der Kirche habe ich gespürt. Ebenso wie die seltsamen Empfindungen in Louans Nähe.

Nur Gefühle. Ohne Substanz, ohne Wirklichkeit. Nichts davon hat mit mir zu tun. Ich falle einem brillanten Gaukler in die Hände und bilde mir Dinge ein, die nie da gewesen sind.

Nein.

Ich bin dabei, etwas Wahrhaftiges in unbrauchbare Stücke zu zerreden, weil ich es in seiner Größe nicht begreifen kann. Weil es mir Angst macht, mich aus meinem Leben zu zerren versucht und ich nicht bereit bin, dieser Notwendigkeit nachzugeben.

Oh Gott, ich weiß nicht, was ich tun soll.

Beginnt Louan zu erzählen, sehe ich alles, was seinen Mund verlässt, durch meine Augen. Ich fühle es in meinem Körper. Wenn das ein Taschenspielertrick ist, ist es ein verdammt guter.

Louan sieht mir gelassen zu, wie mich meine Zweifel umspinnen, bis ich in einem unsichtbaren Netz zapple.

»Ich hole dir etwas zu essen.« Ein alltäglicher Satz, eine alltägliche Tat. Genau das, was ich jetzt brauche.

Ich flüchte aus dem Zimmer.

Draußen packt mich eine aberwitzige Idee.

Louan könnte die Wahrheit sagen.

Ich verbiete meinem Verstand den Mund, klammere mich nur an diesen Gedanken.

Was wäre, wenn ...

Ein Gefühl aus dem Nichts. Es schmettert mich gegen die Wand, lässt mich um Atem ringen.

Meine Existenz zerfließt. Bin nicht mehr Demian. Bin irgendjemand umgeben von Meer und Wind, werde an Klippen geschlagen, versinke in den Wellen, um plötzlich nach oben getragen zu werden. All das stört mich nicht. Ich habe eine Aufgabe. Sie ist wichtiger als die Spanne Tod, die zwischen den Leben steckt. Ich darf sie nicht vergessen, denn wenn dies geschieht, stirbt Louan in eisiger Dunkelheit und etwas Unwiederbringliches geht für immer verloren.

Ich weiß nicht, was es ist, kann es nicht benennen, doch mein Herz wird weit, sobald ich daran denke.

Ich umfasse mein Handgelenk, reibe fest mit dem Daumen über die Innenseite.

Dort drin, zwischen den einzelnen Pulsschlägen, verbirgt sich der Beweis, dass all das hier tatsächlich passiert. Dass Louan die Wahrheit sagt und dass ich nie etwas anderes wollte, als für ihn da zu sein. Mit all meinem Mut, meiner ganzen Liebe.

Das hat nichts mit dem Verstand zu tun.

Bin dessen Gebrabbel so unendlich leid. Ich stopfe ihm einen Knebel tief in den Rachen und sehe dabei zu, wie er langsam erstickt.

Meine Beine zittern, als ich die Treppe hinabsteige und die Crêperie durch den Seiteneingang betrete. Wie in Trance kaufe ich zwei Crêpes, zwei Kaffee und eine Flasche Wasser. Mein Blick schweift über die Karte, erfasst den Wein des Hauses und ich entscheide mich auch dafür.

»Ich esse im Zimmer«, informiere ich die Kellnerin, als befände ich mich in einem stinknormalen Alltag.

»Kein Problem, Monsieur.« Sie entkorkt die Flasche, stellt zwei Gläser und alles andere auf ein Tablett. »Ich schreibe es auf die Rechnung, ja?« Sie hält mir die Tür zur Treppe auf. Ich bedanke mich ebenso alltäglich, obwohl in mir Wellen übereinanderschlagen und Stromschnellen meinen Tod fordern.

Ich werde sie überwinden, denn es geht nicht um mich.

Das ging es nie.

Mit dem Ellbogen öffne ich die Zimmertür.

Louan liegt zusammengerollt auf dem Bett, atmet ruhig und tief.

Er schläft.

Wie selbstverständlich streife ich ihm die Schuhe von den Füßen, decke ihn zu.

Ich schenke mir einen Wein ein, setze mich in den Sessel am Fenster.

Die Sonne versinkt hinter den Dächern, nimmt das goldene Licht des Abends mit sich. Im Zimmer wird es dämmrig.

Nach dem zweiten Glas blendet sich die Geräusch-kulisse der Stadt aus. In der Stille höre ich nur Louans Atemzüge. So vertraut, als hätte ich ihnen unzählige Male gelauscht.

~ * ~

»Ich höre dir gern zu.« Auf dem Rücken liegend starre ich zu den Deckenbalken. Neben mir spüre ich Louans Beine.

Seine Nähe macht mich nervös. Auf eine verboten gute Weise.

Kann den Kuss nicht vergessen. Der Gedanke daran schwirrt ständig zwischen meinem Kopf und meinem Schwanz hin und her.

Verdammt, mir wird viel zu warm für einen kalten Herbstabend.

Ist nicht alltäglich, dass sich zwei Männer küssen und beide Gefallen daran finden. Besser, ich halte den Mund.

»Ich erzähle dir auch gern«, klingt es vom Kopfende meines Bettes.

Ein simpler Strohsack mit Laken und Decken.

Immerhin. Ich teile ihn mit Louan.

Mutter hat uns vorhin erst in Ruhe gelassen.

Nach dem Essen wollte sie unbedingt die Geschichte zu Ende hören, die Louan am Morgen begonnen hatte. Sie handelte von König Arthur und seiner bildhüb-schen Königin Gwenhwyfar. Ich dachte, ich würde sie bereits kennen. Jeder hier weiß, wer Arthur war. Doch so, wie sie Louan erzählt hat, klang sie vollkommen neu für mich.

Vor meinen Augen erwachten Königreiche zum Leben und auf nebligen Ebenen kämpfte er an der Spitze seines Heeres gegen die Angelsachsen. Aber hinter der Notwendigkeit, Kriege zu führen und Bündnisse zu schließen, stand die Sehnsucht nach dem Licht. Die Suche nach dem Heiligen Gral.

Mir war, als würde ich in meinem Herz dasselbe Sehnen spüren, dabei war mir der Trinkbecher eines Tischlers bisher egal gewesen.

Zum Entsetzen meiner Mutter.

Das Gefäß hätte nie eine Rolle gespielt, erklärte mir Louan. Es ginge ausschließlich um dessen Inhalt.

»Blut?«, fragte ich und verstand das Problem bereits besser.

Blut ist heilig. Es trägt das Leben. Auch wenn es von gewöhnlichen Menschen stammt. Gehört es Gottes Sohn, setzt das gehörig eins drauf.

»Die Essenz des Guten.« Wie Morgenlicht hatten seine Augen bei diesen Worten geleuchtet. »Die Ursache für das Leben, das Sterben, jedes Lachen und jede einzelne Träne.«

»Ist der Gral wertvoll oder nicht?« Mutters Augen leuchteten ebenfalls, nur aus anderen Gründen.

Louan ignorierte ihre Frage, was die erste unhöfliche Geste war, die ich bei ihm bemerkte.

»Nach dem Gral zu suchen«, fuhr er zu mir gewandt fort, »macht uns erst zu einem Menschen. Dazu ist es nicht nötig, die hintersten Winkel der Erde zu durchforsten. Alles, was ihn ausmacht, trägst du längst in dir. Du musst es nur finden.« Er legte mir die Hand auf die Brust.

Wie warm sich seine Finger anfühlten.

Er ist der beste Geschichtenerzähler auf Gottes Erd-
boden. Dessen bin ich mir sicher. Nur verstehe ich
seine Angst vor der Dunkelheit nicht, die ihn offenbar
plagt. Jemand, der so von Licht erfüllt ist wie er, sollte
kein Problem damit haben.

Ich bin nur ein Fischer, komme mit Nacht und Nebel aber klar. Ich könnte ihm beistehen. Bei was auch
immer. Könnte das Licht in seinem Inneren schützen,
sodass es niemand zu ersticken vermag.

Da ist Kraft in meinen Armen. Mehr als sonst. Sie
strömt in mich hinein, während ich mir vorstelle, an
Louans Seite durch die Welt zu reisen.

Nun liegt er neben mir. Viel zu nah, um es entspannt zu ertragen.

»Schläfst du schon?« Ich frage so leise, dass ich ihn
im Zweifel nicht aufwecke.

»Nein«, kommt es ebenso leise zurück. »Du offenbar
ebenfalls nicht. Was beschäftigt dich?«

»Der Kuss.« Verflucht noch eins! Warum rutscht mir
bei ihm immer die Wahrheit heraus?

»Er hat dir gefallen«, stellt er fest, als würde er ständig Männer küssen. »Das ist gut. Niemand sollte etwas
tun, das ihm nicht gefällt.«

»Machst du Scherze?« Sicher hat er nie die Kotze von
kleinen Geschwistern aufgewischt oder am Schlachte-
tag das Blut im Kessel gerührt.

»Ich meine in Liebesdingen.« Er klingt amüsiert.
»Sonst müsste ich gern durchnässt in Gewitterstürmen
herumreiten.«

Ich muss lachen und er stimmt ein.

»Du hast dich gefürchtet, gib es zu.« Wie erleichtert
er mich angesehen hatte, als ihm bewusst wurde, dass
ich ihm helfen wollte.

»Ja«, sagt er geradeheraus und ich bewundere ihn für diesen Mut. Ich selbst hasse es, Schwächen zuzugeben.

»Das Gewitter galt allein mir und ich wusste, es würde mich in die Knie zwingen.«

»Blödsinn.« Auch ein Unwetter ist nur ein Wetter. »Blitze bedrohen Mensch und Baum gleichermaßen. Die machen keine Unterschiede oder denkst du, sie hätten nur dich ins Visier genommen?«

»Ja. Und ich denke es nicht nur, ich weiß es.«

»Du bist der Druide. Wenn du das meinst, wird es stimmen.« Sind alle Magier so verschroben? Wahrscheinlich. Das wird dieser Beruf mit sich bringen.

»Es ist nicht schlimm, solltest du mir nicht glauben.« Und warum klingt er so traurig?

»Ich bin es gewohnt, dass mich die meisten Menschen für sonderbar oder verrückt halten.«

»Obwohl sie wissen, dass du ein Filid bist?« Mich zumindest beeindruckt das.

»Ich erzähle nicht jedem, was ich bin. Nur denen, denen ich vertraue. Für den Rest bin ich nur ein umherziehender Barde.«

Seine Worte rinnen mir wie in Honig gequirlte Sahne die Kehle hinab. »Danke für dein Vertrauen.«

»Gern geschehen.«

Ich bilde mir ein, ihn schmunzeln zu hören. Was Unsinn ist. Allerdings ist das die gesamte Situation.

»Kannst du zaubern?«

»Ich nenne es anders, aber dir würde es so vorkommen.«

Fantastisch. »Auch weissagen?«

»Manchmal.«

Es wird ja immer besser. »Hast du schon einmal jemanden mit einem Bannspruch belegt?«

»Nein, natürlich nicht.«

»Warum nicht?« Wäre ich dazu fähig, würde ich von dieser Gabe reichlich Gebrauch machen. Vor allem bei meiner Mutter.

»Weil es mir fernliegt, die Freiheit eines Menschen zu beschränken. Ihn zu bannen ist dasselbe, wie ihn in Ketten zu legen. Ein gebannter Geist ist ein kranker Geist und es ist mühsam für ihn, wieder zu heilen. Meist schafft er es nicht und sucht heimlich den Tod. Mit diesem Frevel würde ich meine Seele niemals belasten.«

Und schon fühle ich mich miserabel. Ebenso gut hätte er mir eine Ohrfeige verpassen können, es hätte genauso gebrannt.

Scham. Welch garstiges Gefühl.

Mir ist nicht mehr nach dieser Unterhaltung. Ich flüchte mich in stilles Brüten und knete dabei meine Unterlippe.

Du plumper Kerl.

Neben dir liegt ein Ausbund an Tugendhaftigkeit und du verscherzt es dir mit deinen niederen Gelüsten. Als ob du mit deiner Mutter nicht auch in ungebanntem Zustand zurechtkommen würdest.

Tauche etwas tiefer in mein Elend, suhle mich ausgiebig in Vorwürfen und Selbstmitleid.

»Iven?«

»Ja?«

Louan tastet nach meiner Hand. »Leg dich auf mich.«

Mir stockt der Atem.

»Bitte«, flüstert er und zieht mich über sich. »Die Nacht ist dunkel und deine Nähe ist ein Geschenk.«

Mein Leib auf seinem. Fühle mich schwerer, als ich bin. Dennoch schießt mir die Hitze in die Lenden.

»Ich kann das nicht!« Stütze mich rechts und links neben seinen Schultern ab, nur, um ihn nicht mehr als nötig zu berühren.

»Warum nicht?« Seine Hände wandern an meinen Seiten hinab, streifen mir die Bruoch von den Hüften. »Du warst mutig genug, einen Fremden zu küssen.«

Jede Silbe erzählt von seiner Lust.

»Ich bin kein Fremder, möchte dich nur spüren. So intensiv wie es geht.«

Bin so erregt, wie nie zuvor. »Ich werde dich besudeln.« Ich weiß es. Stehe jetzt schon kurz davor.

Das Pulsieren in meinem Unterleib beginnt zu schmerzen.

»Dann mach das«, flüstert er so leise, dass ich bete, mich verhört zu haben. »Mach mit mir, was du willst, aber stille mein Verlangen. Ich habe es so lange im Zaum gehalten.«

Mein Verstand verabschiedet sich. Schiebe sein Hemd hoch bis über seine Brust. Muss ihn berühren. Unbedingt.

Meine Finger tanzen über seine Nippel, fahren durch die Härchen. Lausche Louans schwerem Atem, weiß, dass er innerlich zu brennen beginnt.

Bin zu fahrig, zu ungestüm. Auch das weiß ich.

Kann kaum atmen vor Erregung.

Muss leise sein. Niemand darf mich hören.

Wie soll ich das anstellen?

Lasse mich auf ihn sinken, presse meinen Unterleib gegen seinen.

Der Laut, der aus Louans Kehle dringt, lässt mich erschaudern.

90

Seine Hände packen meine Hüften, fordern Bewegung.

»Reibe dich an mir«, fleht er. »So heftig du kannst.«

Oh Gott, mir wird schwindelig vor Lust. Ich sauge an seinem Hals, um nicht das ganze Haus mit meinem Stöhnen zu wecken.

Wieder und wieder schramme ich über seine Härte, fühle, wie sich seine Finger in mein Fleisch graben.

»Iven!«

Er wispert meinen Namen auf eine Weise, die mich zwischen Himmel und Hölle hin und her schleudert.

»Iven, bitte!«

Fest, hart und immer schneller.

Es spritzt aus mir hinaus, ich verbeiße mir den Lustschrei, schmecke Blut. Es ist mir gleich. Bin verloren in reiner Wonne.

Louan streckt den Kopf in den Nacken, seine Lider flattern. Sein Körper erbebt, sein Mund öffnet sich.

Ich presse meine Lippen auf ihn, schramme grob über Louans Unterleib.

Er versucht, sich aufzubäumen, doch ich halte ihn zurück, mache weiter, bis er sich unter mir windet.

Louan schluchzt, klammert sich an mich.

Keuchend gebe ich Ruhe, fühle unsere Herzen donnernd gegeneinanderschlagen.

Erst als ich sicher bin, nicht ohnmächtig auf ihm zusammenzusinken, richte ich mich auf. Sacht streiche ich über seine Wange, spüre Nässe.

»Louan?« Mein Gott, was habe ich angerichtet. »Es tut mir leid!«

Er nimmt meine Hand, küsst die benetzten Fingerspitzen. »Da ist nichts, was dir leidtun müsste.« Jedes Wort scheint ihn unendlich anzustrengen.

Ich sollte ihm Ruhe gönnen. Ein wenig privaten Raum zwischen uns, in dem er sich nicht von mir belauscht fühlt und seinen Gefühlen nachgeben kann. Ich will mich ans Fußende zurückziehen.

Er hält mich fest. »Bleib.«

»Bist du sicher?« Ich war nie einem weinenden Mann so nahe. Auch nicht, wenn es sich offenbar um Freudentränen handelt.

Eigenartig, ich fühle mich für ihn verantwortlich. Will, dass es ihm gutgeht, dass es ihm an nichts fehlt.

Ich drücke mich an die Wand, um ihm so viel Platz wie möglich zu lassen. Erneut nimmt er meine Hand, legt sie sich auf die Brust.

Sein Herz donnert immer noch in heftigen Schlägen.

Mein eigenes pocht ganz ruhig. Aber es scheint größer geworden zu sein.

Es fühlt sich gut an, macht mich trotzdem ein wenig traurig.

Ein seltsames Gefühl.

~ * ~

Das Zimmer in Honfleur. Es ist tiefe Nacht.

Ich reibe mir die Augen, versuche, den Traum festzuhalten. Er entgleitet mir wie eine nur einmal gehörte Melodie. Süß, verführerisch, doch zu vieltönend, um sie nachzusummen.

Louan sitzt im Bett. Sein Gesicht schimmert golden im Licht einer Kerze.

»Ich fand sie in einer der Schubladen.« Langsam fährt er mit dem Finger durch die Flamme, betrachtet ihr Zucken, als wäre sie etwas Lebendiges. »Es war

92

schön, dir beim Schlafen zuzusehen, aber es ist noch schöner, dass du wach bist.«

»Ich träumte von dir.«

»Etwas Gutes?«

»Ja.« Eine Erinnerung weht mich an. Ekstatisch, sinnlich, dunkel. Die Sehnsucht danach steckt tief in mir.

»Komm her.« Er klopft neben sich. »Wir haben uns schon schmalere Lagerstätten geteilt.«

Ich will nicht schlafen. Ich will ihn lieben. So dringend, dass es schmerzt.

Langsam ziehe ich mich aus, gebe ihm Zeit, mich eingehend zu betrachten.

Auch er entkleidet sich. Als er Jeans und Short von den langen Beinen streift, verliere ich mich in dem Anblick.

Er bemerkt es. Ein Lächeln verwandelt sein Gesicht in das Wundervollste, das ich jemals gesehen habe.

»Deine Nähe bedeutet mir viel«, sagt er leise und ich weiß, dass es die Wahrheit ist. Sie sitzt tief unten. Auf einem Grund des Meeres, so weit von der Oberfläche entfernt, dass sie vergessen hat, wie der Himmel aussieht.

Ich spüre meinen Herzschlag im gesamten Körper.

Louans Blick durchdringt meinen Verstand hinab bis zu meiner Seele. Sie zittert, will sich verstecken, flüchtet dennoch nach vorn in ein Herz, das ihr fremd sein müsste.

Weshalb fühlt sie sich dann geborgen darin?

Louan legt sich hin, breitet die Arme aus. »Komm.«

Ich schiebe sämtliche Zweifel beiseite, lege mich auf ihn.

So vertraut. So richtig.

Louan streckt den Kopf in den Nacken. Sein Kehlkopf bewegt sich hinauf und hinab. »Mach dich schwer.«

Seine Erregung wird zu meiner.

Ich nehme die Ellbogen fort, liege still auf ihm. Ich wage es nicht, mich zu bewegen.

Das hier ist vertraut. So vertraut, dass ich voller Erkennen in dem Moment versinke. Kalte Nächte, Regen, der Mäntel durchdringt.

Und er. Unter mir. So nah wie jetzt.

Lust, Hingabe, eine tiefe Sehnsucht. Alles erfüllt mich gleichzeitig.

»So hast du mich vor den Schatten beschützt«, wispert er dicht an meinem Ohr. »In den Nächten, in denen sie bis in meinen Geist vorgedrungen sind.«

Da ist etwas. Eine Szene aus einem Traum? Sie gibt sich als Erinnerung aus, obschon sie weiß, dass ich die Lüge durchschaue.

Ein Wald. Inmitten der Nacht.

Dunkelheit, Kälte und eine Verzweiflung, die sich aus dem Nichts anpirscht.

Sie lauert auf Louan. Nicht auf mich.

Er kämpft mit ihr, droht zu verlieren.

Ich zwinge seinen bebenden Körper unter meinen und halte ihn fest. Nicht mehr. Mein Gewicht drückt ihn zu Boden, mein Leib schützt ihn vor allem, was danach trachtet, ihm zu schaden.

Fühle, wie mich die Schatten zu packen versuchen. Sie wollen mich von ihm wegzerren, damit sie ihn verschlingen können.

Ich biete meine ganze Kraft auf, meinen Mut, meine Liebe, um ihnen standzuhalten. Ignoriere die Angst,

94

die sich durch meine Eingeweide frisst, ertrage die Krämpfe in meinen Muskeln.

Die Schatten werden Louan nicht bekommen. Nicht, solange mein Herz auch nur zu einem einzigen Schlag fähig ist.

Vergesse die Zeit, lebe und sterbe zwischen Louans mühsamen Atemzügen.

Das Unheil verschwindet.

Ich bilde mir ein, es vor Wut fauchen zu hören.

Stolz, maßlose Erleichterung, eine wortlose Liebe, die mir aus den Augen fließt und Louans Wangen benetzt.

Ich schließe die Lider. Nur langsam löst sich die Szene dahinter auf.

»Hier sind keine Schatten. Ich habe sie für dich in die Flucht geschlagen.« Behutsam bewege ich mich auf ihm. Ich spüre sein Pulsieren an meinem, reibe mich heftiger daran.

»Iven.« Louan schlingt die Arme um mich, presst mich fester gegen sich.

»Bin ich es wirklich?« Eine Nachtfrage.

Geboren aus verworrenen, sinnlichen Träumen. Am hellen Tag hätte ich sie nie gestellt. Nie auch nur die Notwendigkeit dafür anerkannt.

»Erinnerst du dich nicht?«

»Es kann nicht sein«, wispere ich an seinen Lippen. »Es ist nur ein Traum, mehr nicht.«

»Schenke mir denselben Rausch, wie in jener Nacht in deiner Kammer und ich werde dir erzählen, was am nächsten Morgen geschah.« Er verschlingt meinen Mund, mutet meiner Zunge einen wilden Tanz zu.

Ich genieße ihn, doch meine Neugierde siegt. »Fang an.« Ich bin begierig, seiner wundervollen Stimme zu lauschen.

»Dann mach dich schwer.« Seine Augen werden glasig. »Und höre nicht auf, dich auf mir zu bewegen. Erst wenn ich deine Nässe an mir spüre, werde ich erzählen.«

~ * ~

Mir ist nach Singen. Laut und schallend. Mein Körper steckt voller Erinnerungen an die Wonnen der vergangenen Nacht.

Louan. Allein das Denken seines Namens lockt mir Schmetterlinge in den Bauch.

Wische sämtliche moralische Bedenken beiseite. In meinem jungen Leben habe ich Ärgeres erlebt, als zwei Männer, die sich trunken vor Wollust aneinanderpressen.

Gott, vergib mir, aber mir wird schon wieder heiß.

Bitte Herr, drück ein Auge zu. Denn meine Mutter wird es garantiert nicht tun. Außerdem ist es nur für kurze Zeit.

Die Erkenntnis erstickt jeden Funken Freude in mir.

Louan wird weiterziehen. Woanders seine Zauberstimme erklingen lassen, die im Dämmerlicht elender Hütten Königreiche und verborgene Inseln entstehen lässt. Er wird immer neue Zuhörer in magische Nebel tauchen und sie mit dem gleißenden Hell grüner Hügel blenden. Nur mit seiner Stimme wird er magische Kreise ziehen und diejenigen, die ihm lauschen, aus der Wirklichkeit entführen. Erst am Ende der Nacht wird er sie verwirrt doch glückselig wieder freigeben. Jeder wird denken, er hätte all das nur geträumt.

96

So wie ich. Bald werde ich allein auf meinem Strohsack aufwachen und mir einbilden, die Tage mit Louan
wären nur ein wundersamer, sinnlicher Traum gewesen.

Nein. Das darf nicht geschehen.

*Bitte Herr! Mach, dass ich mich bis zu meinem letzten
Atemzug an Louan erinnern werde. Dass weder Alter noch
Krankheit mich daran hindern mögen. Zweifellos wird die
Zeit mit ihm der hellste Sonnenstrahl meines Lebens bleiben.
Nimm ihn mir nicht weg.*

Ich werfe mich in meine Kleidung, stapfe aus dem
Haus.

Ich muss ans Meer. Ein paar Schritte hinein waten,
mir von der Kälte in die Füße beißen lassen. Danach
sehe ich die Welt wieder klarer.

Der Nebel hängt über Land und Wellen. Er verbirgt
die Möwen, lässt ihre Schreie unwirklich werden.

Ist Ynis Avalach hinter diesen dicken Schwaden versunken?

Für zwei Atemzüge bin ich bereit, meinen rechten
Arm dafür zu geben, um die Insel mit eigenen Füßen
zu betreten. Dann schlägt mir die Vernunft vor die
Stirn und die Sehnsucht verkriecht sich in mir.

Könnte schwören, dass Louan an noch seltsameren
Orten gewesen ist. Sicherlich hat er tief im Innern
verzauberter Hügel mit dem Alten Volk getanzt, ihren
Liedern gelauscht und nur mit Mühe und nach vielen,
vielen Jahren in die Welt zurückgefunden.

Was treibt einen Mann, dessen Augen die wunder-
samsten Dinge erblickt haben, ausgerechnet in ein
Fischerdorf wie unseres?

Ein Gewitter.

Ich liebe Gewitter.

Und ich liebe Louan.

Der Gedanke fährt mir in den Magen.

Ich stolpere zwischen den Klippen hinab an den Strand. Die Flut hat mein Fischerboot erreicht, umspült es mit ihrer Gischt, als wollte sie es überreden, sich ohne mich aufs Meer hinaus zu wagen.

Vollkommen allein.

Aber das ist es nicht. Auf der Bank liegen Louans Kleider und ein Tuch zum Abtrocknen.

Ist er schwimmen gegangen? Bei der Kälte, bei dem Nebel?

Er wird den Weg zurück ans Ufer nicht finden. Von den Klippen, die nur knapp von den Wellen verdeckt werden, ganz zu schweigen. Sie sind gefährlich. Selbst ich wurde an ihnen schon grün und blau geschlagen.

Noch im Laufen befreie ich mich aus Hose und Schuhen.

Dieser Narr! »Louan!«, brülle ich in das neblige Grau. »Wo bist du?«

»Hier.«

Herr im Himmel!

Er steht im Wasser, lächelt mit blau gefrorenen Lippen.

Ein Felsen hatte ihn vor meinen Blicken verborgen.

»Was machst du da?«

»Mich waschen.« Zum Beweis schöpft er sich mit den hohlen Händen Wasser ins Gesicht, schüttelt es schließlich in dicken Tropfen von sich.

»Es ist saukalt.«

»Ich liebe das Salz auf meinem Körper.« Er lacht in den Morgen, als gäbe es nichts Schöneres, als an einer gottverlassenen Küste zu erfrieren.

Für mich gibt es nichts Schöneres, als ihm dabei zuzusehen.

Die Muskeln unter der rotgefrorenen Haut, die
Haare, die ihm triefend ins Gesicht fallen. Sein zittriges
Grinsen zwischen ihnen. Die Nässe, die in breiten
Bahnen seine Nacktheit umfließt.

»Zieh dich aus«, fordert er und sieht mich auf eine
Weise an, dass ich für einen Moment die Kälte vergesse. »Heute Nacht werde ich mich auf dich legen und
dir näher sein, als je ein Mensch zuvor.«

Die Hitze lässt meine Füße aus, doch in meinem
Leib beginnt sie zu brennen.

»Ich werde jede Stelle deines Körpers erforschen, dir
das Salz vom Leib lecken und dabei deinem Wimmern
lauschen, wenn du in dem süßesten Schmerz, den du
dir vorstellen kannst, gefangen bist.«

Verliere das Gleichgewicht. Tappe wie ein Kleinkind
zwischen den glucksenden Wellen, finde trügerischen
Halt auf zerrinnendem Sand.

Meine Haut prickelt, als würde sie Louans Zunge bereits jetzt auf sich spüren.

Er watet zu mir, zieht mir Kittel und Hemd über den
Kopf. »Male dir aus, was ich alles mit dir tun werde,
und du wirst nicht frieren, während du dich dem Meer
anvertraust.«

Seine eiskalten Lippen auf meinen. Ich wärme sie
mit einer Glut, die mir bisher fremd war. Als ich von
Louan ablasse, starrt er mich atemlos an.

»Ich werde gehen.«

Seine Hand findet meine Wange, streicht kalt wie
eine Winternacht darüber.

»Morgen früh, sobald es hell wird.« Er wendet sich ab, watet zurück. Nach wenigen Schritten verschwindet er hinter den Felsen.

Ich stütze mich auf die Knie, keuche wie ein Greis. Meine Brust zerspringt, schert sich nicht um mein gepeinigtes Herz.

~ * ~

»An diesem Tag hast du wegen mir gelitten.« Louan sitzt im Schneidersitz auf dem Bett, den Rücken an die Wand gelehnt. »Es tat mir leid, aber da war nichts, was ich dagegen hätte tun können.«

Da er darauf verzichtet, sich in die Decke zu hüllen, genieße ich seinen Anblick. Im Schein der Kerze schimmern die Schlieren unserer Lust auf seinem Bauch.

Ich knie mich vor ihn, lecke darüber.

Sein entspanntes Seufzen dankt mir für die kleine Gefälligkeit.

»Du hast Iven etwas Ähnliches versprochen.« Ihn abzulecken und das Salz auf seiner Haut zu schmecken. »Hast du es eingehalten?«

»Ich breche nie ein Versprechen.« Sanft fährt er mir durch die Haare. »Auch nicht den Schwur, den ich dir hinterherrief, als du in der Dunkelheit der Zeit verschwandest.«

»Ich bin verschwunden?«

»Genau dort, wo jetzt die Kirche Sainte Catherine steht.«

»Hier in Honfleur?«

»Damals besaß es keinen Namen. Es bestand nur aus einer Handvoll Fischerhütten.«

100

»Wie ist das geschehen?« Noch nie habe ich bei einer Geschichte so mitgefiebert.

»Es geschah sieben Jahre später an Samhain. Wir fanden bei einem Fischer Unterschlupf. Er gab uns zu Essen und ließ uns an seinem Feuer schlafen. Mitten in der Nacht fühlte ich, wie sich die Schatten näherten.« Seine Hand verlässt mein Haar, zittert, als er sie mit der anderen umschließt. »Plötzlich spürte ich die Präsenz des Schattenherrschers. So deutlich, wie ich sie vorher nie wahrgenommen habe. Ich versuchte, dich zu wecken, doch du schliefst wie ein Toter.

Der Sturm schlug gegen die Fensterläden, drückte die Tür auf.«

Angst. Sie steht in seinen Augen, vibriert in seiner Stimme.

»Warte.« Ein Schluck Wein wird ihm guttun.

Ich schenke ihm ein, reiche ihm das Glas. »Erzähl weiter.« Mein Magen verkrampft sich vor Anspannung.

Louan trinkt, starrt an mir vorbei. »Er stand vor der Hütte. Groß wie ein Baum und breit wie ein Felsen. Er rief mich hinaus. Fort von dir und dem Licht des Feuers.« Er umklammert sein Handgelenk so fest, dass die Knöchel der Rechten weiß hervortreten. »Ich wollte ihm widerstehen, doch sein Ruf duldete keine Gegenwehr, also folgte ich ihm.«

Auch ich brauche einen Schluck Entspannung und Wärme. Ist es im Zimmer kälter geworden? Mich friert plötzlich.

Ich gieße mein Glas bis zum Rand voll, setze mich zurück aufs Bett.

»Was wollte er von dir?«

»Das zu Ende bringen, was seine Lakaien bisher vergeblich versucht hatten, mich auszulöschen.«

»Aber er hat versagt, oder?« Er muss versagt haben. Louan sitzt vor mir, lebt.

Es ist nur eine Geschichte, ermahnt mich mein Verstand.

Ich schicke ihn zum Teufel.

»Ich weiß es nicht«, sagt er endlich. »Er wusste, dass er mich nicht töten konnte. Das hatte er im Laufe der Zeit erkannt. Also nahm er mir das, was mein Leben erhellte. Dich.«

»Mich?« Mir ist, als würde sogar die Kerze von ihrem Licht einbüßen. Stehe kurz davor, die Lampe anzuschalten.

»Er hob die Arme, und als er sie wieder senkte, legte sich Dunkelheit auf die Hütte und alles, was in ihr war. Selbst die Sterne darüber verschwanden. Blind tastete ich umher, fand jedoch keinen Halt. Erst als graues Morgenlicht heraufzog, bemerkte ich, dass die Hütte verschwunden war. Ich weckte die Menschen in der Siedlung, fragte nach unserem Gastgeber, fragte nach dir. Doch jeder antwortete nur, dass es weder die Hütte noch den Fischer je gegeben hätte.«

Ich wage es nicht, ihn zu fragen, wie es weiterging. Fühle seine Verzweiflung, seine Einsamkeit, als wäre beides ein Teil meiner eigenen Seele.

»Ich kniete an der Stelle nieder, wo wir nebeneinandergelegen hatten. Ich schwor dir, Jahr für Jahr zurückzukommen, niemals aufzuhören, nach dir zu suchen. Ich besiegelte den Schwur mit meinem Blut und während ich zusah, wie mein Leben in die Erde sickerte, bat ich den Wind, dich eines Tages wieder zu mir zu treiben, wie er es bereits schon einmal getan hatte.«

Die Narbe über seinem Puls. Ein gerader Schnitt.

Ich nehme seine Hand, fahre behutsam mit dem Finger über die aufgeworfene Haut.

»Es hat funktioniert.« Louan rückt näher zu mir, küsst mich auf die Schulter. »Du hast meinen Weg erneut gekreuzt.«

»Ich wollte nicht nach Honfleur.« Meine Stimme klingt belegt. »Ich wollte weiterfahren bis ins Finistère. Aber plötzlich brach ein Gewitterschauer los, dass ich vor Regen die Straße nicht mehr erkennen konnte. Also entschloss ich mich zu diesem Zwischenstopp.« Heiße und kalte Schauder fließen meinen Rücken hinab.

»Ich liebe den Wind.« Louan hebt sein Handgelenk an meinen Mund.

Ich liebkose die Narbe mit meiner Zungenspitze.

»Unsere erste Nacht nach so langer Zeit.« Seine Lippen berühren beim Sprechen meine Wange. »Lass sie uns nicht an die Traurigkeit verschwenden.«

»Ich kann jetzt nicht schlafen.« Wie sollte ich auch nur versuchen, meine Lider zu schließen?

»Aber du kannst zuhören.« Seine Fingerspitze taucht in den Wein, zieht klingende Kreise auf dem Glasrand. Seine Stimme verwebt sich mit ihnen zu einer betörenden Melodie.

~ * ~

Er will mir das Salz ablecken.

Dieser Gedanke fesselt mich. Wie soll ich den Tag überstehen?

Mit Arbeit. Das Einzige, was mir einfällt, das Einzige, was immer hilft.

Harte Arbeit.

Holzschlagen. Zwar lagert reichlich im Schuppen, aber wer weiß, wie lang der Winter dauern wird?

Spanne Luik vor den Wagen und mache mich auf zum Wald.

Ein Weg, der Zeit frisst. Mir ist es recht. Auch das Suchen nach Totholz fordert meine Geduld. Der Weiler ist klein, doch jeder deckt sich so üppig wie möglich mit Brennholz ein.

Ich müsste tiefer zwischen die dicht stehenden Stämme. Weiter hinein in das Reich aus Wurzeln und Schatten.

Luik macht mir einen Strich durch die Rechnung. Schon jetzt ist er unruhig. Mag sein, er hat den Blutgeruch meines Vaters in der Nase. So wie ich. Mir ist klar, dass das unmöglich ist. Trotzdem schlage ich um die Stelle einen großen Bogen.

Plötzlich wirkt der Wald dunkler. Kälter. Ich ziehe die Schultern bis zu den Ohren hinauf. Dennoch weht es mir eisig in den Nacken. Jedes Knacken fährt mir unter die Haut. Ertappe mich dabei, dass ich mich ängstlich wie ein Kind umsehe.

Ist Luiks Feigheit zu mir übergeschwappt? Ich mag den Wald nicht, aber ich mag es noch weniger, im Winter zu frieren. Also komme ich mit ihm zurecht.

Heute ist es anders. Der Wald ist anders. Als lauerten Schatten zwischen den Stämmen. Mir ist, als würden sie mich aus lichtlosen Augen beobachten.

Schluss! Der Wagen ist halbvoll, das muss genügen. Ich will raus hier. Den Himmel über mir sehen. Das Rauschen des Meeres hören.

Nicht nötig, Luik anzutreiben. Er trottet freiwillig Richtung offenes Land.

Kaum liegt die Dunkelheit hinter mir, atme ich auf. Als ich zuhause ankomme, bleibt mir noch Zeit, die Zweige in handliche Stücke zu schlagen und die wenigen, großen Brocken zu Scheiten zu spalten, bevor mich Mari zum Abendessen ruft.

Louan steht am Feuer, die Handflächen gegen die Flammen gerichtet. Er sieht auf, als ich eintrete, lächelt.

Bei Morgengrauen wird er mich verlassen. Nie wieder werde ich ihn sehen. Was er heute Nacht mit mir vorhat, wird ein Abschiedsgeschenk sein.

Ein seltsames Gefühl, wenn sich Traurigkeit, Vorfreude und Erregung in ein und demselben Körper mischen. Für einen Moment ringe ich um Fassung.

Der Tisch ist gedeckt, es duftet nach gebratenem Fisch und gewürzter Grütze. Das Feuer wärmt den Raum, sperrt alles Dunkle und Kalte aus. Es ist friedlich. Ich sollte mich entspannen und dankbar sein. Genau so, wie es Mutters Tischgebet fordert.

Die Worte entrinnen meinen Ohren. Heute Abend schenken sie mir weder Trost noch Behaglichkeit. Keine Demut, keine Ehrfurcht.

Ich will mit Louan allein sein. Ich will seine Liebkosungen erleben, will in den ekstatischen Rausch fallen, will neben ihm einschlafen und morgen früh neben ihm aufwachen.

Ich will nicht, dass er geht.

Ich will nicht, dass ich ihn nie wiedersehe.

Starre auf meine gefalteten Finger und fühle mich wie ein Heuchler. Ich bin innerlich so weit von dem Gebet entfernt, wie es ein Mensch nur vermag. Ich sollte Gott im Stillen bitten, mir Louan zu erhalten. Zuzulassen, dass ich ihn begleite.

Ich weiß nicht einmal, ob Gott diese seltsame Liebe zwischen uns gutheißt. Mag sein, er verabscheut sie. Vielleicht bin ich für ihn auch zu unbedeutend, um überhaupt einen Gedanken an mich und meine Sehnsucht zu verschwenden.

Ich weiß so wenig von Gott. Nur, dass er manchmal furchtbare Dinge geschehen lässt und manchmal wundervolle.

Mach mich zu Louans Vertrautem.

Ich fülle jedes Wort mit meinem Sehnen.

Erlaube mir, ihm nah zu sein, für ihn zu sorgen und das Licht seiner Augen ebenso zu schüren, wie die Wärme seines Herzens. Stelle mich zwischen ihn und die Dunkelheit. Mache mich zu seinem Schwert, das alle Schatten zerschlägt.

»Iven?«

Und vergib uns unsere Leidenschaft, lass nicht zu, dass sie zu blinder Wollust wird. Tauche sie in Liebe und Respekt und gestatte uns, sie dennoch zu genießen.

»Louan, hast du keinen Hunger?« Mutter stößt mich in die Seite. »Du schaufelst sonst immer als Erster das Essen in dich hinein. Nun stehst du da, starrst auf deine Hände und lässt uns warten.«

»Tut mir leid.« Ich nehme Platz, spüre Louans Blick auf mir, während ich die Fische in handliche Portionen zerteile.

Jeder greift zu, jeder isst. Nur meine Kehle will nichts hinunterlassen.

Mutter verwickelt Louan in ein Gespräch, was bedeutet, sie horcht ihn aus. Er antwortet höflich, doch nichtssagend.

Endlich lässt sie ihn in Ruhe essen.

Genau das sollte ich ebenfalls tun. Mich allein meiner Schüssel zuwenden.

106

Es gelingt mir nicht. Immer wieder schweift mein Blick zu ihm.

Was er auch tut, es sieht viel eleganter aus, als bei Mutter und mir. Selbst wenn er den Fisch zerlegt und den Löffel in die Grütze taucht. Jede Geste, jedes Lächeln ist mehr als bei uns. Als hätte alles eine zusätzliche Bedeutung, die nur er versteht.

»Erzähl uns was«, bettelt Mari und schlingt beim Sprechen den letzten Bissen hinunter. Dass Louan noch nicht aufgegessen hat, scheint ihr zu entgehen.

Gelassen schiebt er die Schüssel ein wenig von sich, als wäre es ihm eine Freude, beim Essen gestört zu werden.

Wie höflich er Mari anlächelt. Als wäre sie ein adliges Fräulein und keine Magd mit aufgeschubberten Knien und Schwielen an den Händen.

Kaum erklingen die ersten Worte, erliege ich seiner Stimme.

Sie lockt mich weit zurück in eine Zeit, als die Götter lebten und Heldensöhne zeugten. Sie bewährten sich in unzähligen Schlachten, bis sie schließlich doch eines tragischen Todes starben.

In diesem Fall ist es ein Speer, der Lughs Sohn in den Leib gerammt wird.

An der Stelle, wo ihm die Gedärme aus dem Bauch quillen, schweifen meine Gedanken ab. Mir ist nicht nach Blutgier. Mir ist nach dem, was Louan mit mir vorhat.

Endlich neigt sich die Geschichte ihrem Ende entgegen und mein Inneres beginnt, vor Nervosität zu vibrieren.

Da fragt meine Mutter allen Ernstes nach der Ehefrau des eben verbluteten Helden.

Wen interessiert es, wie viele Jahre sie um ihn getrauert hat? Tot ist tot. Sie wird schon einen anderen finden. So einen wie unseren Nachbarn.

Herrje, so schwierig ist das nicht.

Natürlich geht Louan auf ihre Fragen ein.

Unter dem Tisch balle ich die Fäuste.

Louan scheint meine Not zu ahnen. Mich trifft ein amüsierter Seitenblick, den ich tapfer zu ignorieren versuche.

Weshalb er dennoch zu Lugh abschweift, ist mir ein Rätsel. Jeder kennt die Sage von Lugh von der Langen Hand.

Allerdings ist Louans Geschichte spannender. Ich ertappe mich beim Zuhören, finde mich plötzlich inmitten eines Festbankettes zu meinen Ehren wieder, umringt von Kriegern mit rotgoldenen Bärten.

»Es ist spät«, höre ich meine Mutter durch Harfenmelodien und fröhliches Gerede. »Wir sollten schlafen gehen.«

Mari liegt mit dem Kopf bereits auf dem Tisch.

Ich heuchele ein überdeutliches Gähnen, welches dazu taugt, das Haus zu verschlingen.

Louan beißt sich auf die Lippen. Sein Grinsen bemerke ich dennoch. Auch die Vorfreude in seinem Blick.

Auf mich.

Mein gesamter Körper beginnt zu prickeln. Nicht nur meine Mitte.

Louan wünscht eine gute Nacht, nimmt eine der Tranlampen und verschwindet in meiner Kammer.

Ich nuschele etwas Ähnliches und folge ihm.

Er wartet direkt hinter der Tür, den Finger auf die Lippen gelegt. Kaum schließe ich sie, lehnt er sich mit dem Ohr dagegen.

Ich lausche ebenfalls. So lange, bis ich kein Geräusch mehr von der anderen Seite höre.

Unter Louans Fingerspitze wächst ein Lächeln in die Breite. »Zieh dich aus«, flüstert er daran vorbei. »Nah am Licht. Ich will so viel wie möglich von dir sehen.«

Die Lampe steht auf dem Hocker, also platziere ich mich daneben.

»Was ist mit dir?« Mir ist es unangenehm, mich als Erster meiner Kleider zu entledigen.

Louan öffnet die Gürtelschnalle, streift die Tunika ab, lässt das Hemd folgen.

Meine Hände zittern, während ich mich aus meinen Sachen pelle.

Ich verfange mich in den Ärmeln, in den Hosenbeinen, bin kurz davor, laut zu fluchen.

Louan dagegen entkleidet sich mit einer Grazie, die mir den Atem verschlägt.

Er nickt zum Bett.

Ich stolpere rückwärts, plumpse auf den Strohsack.

Warum verlässt mich ausgerechnet jetzt jegliches Geschick?

»Vertraust du mir?« Er tritt vor mich, betrachtet mich auf eine Weise, die mich mit Hitze flutet.

Ein Nicken muss ihm genügen. Ihm mag ich vertrauen. Meiner Stimme nicht.

Er kniet sich vor mich, drückt meine Beine auseinander.

Wie langsam er seine Blicke über mich schweifen lässt, wie sanft seine Hände an meinen Schenkeln hinabstreichen.

»Du warst im Meer?«

Ich nicke erneut.

»Von Kopf bis Fuß?«

»Das Salz klebt mir jetzt noch in den Haaren.«

»Auch in diesen?« Er bläst in meine Locken, die sich weit von meinem Kopf entfernt kringeln. »Ah, es gefällt dir.« Er wiederholt es, betrachtet mit verklärtem Blick das Zucken meines Schwanzes. »Dann werde ich dort beginnen.« Er beugt sich hinab, bis seine Lippen meine Lenden finden.

Sein Mund ist viel heißer als meine Haut.

Schließe die Augen, lasse mich in seine Liebkosungen fallen.

Feucht und warm. Seine Zunge? Sie findet den Weg zu der sensibelsten Stelle meines Leibes, liebkost sie. So innig, so unerträglich erregend.

Ich atme, bis mir schwindelig wird.

Nur nicht stöhnen, nicht zu laut keuchen.

Oh Gott, vergib mir, aber ich vergehe in diesen Gefühlen.

Mein Körper gehorcht mir nicht mehr. Zuckt, zittert, presst sich an Louans Mund, will mehr von dessen Süße kosten.

Seine Lippen umschließen mich, reiben mich, saugen erst sanft, dann heftig.

Bäume mich auf, will Louan sagen, dass ich es nicht aushalte.

Der Anblick seines Kopfes zwischen meinen Beinen katapultiert mich endgültig in den Rausch.

Falle zurück, falle tiefer und tiefer in ein wirbelndes Meer. Es verschlingt meine Sinne, reizt sie über die Maßen, bis sie hilflos in den Wellen trudeln. Ohne

Ziel, ohne Aufgabe. Nur dazu da, um das hier zu erleben.

Ich weiß nicht, wie lange ich nah an einer Ohnmacht dalag.

Louans Hände an meinen Wangen.

»Geht es dir gut?« Er kling besorgt.

Dieses Mal bekomme ich immerhin ein *ja* heraus.

»War das neu für dich?« Behutsam beißt er mich ins Kinn.

»Neu?« Einzigartig, nie da gewesen, fantastisch. »Ja. Absolut neu.«

»Dann ist das, was ich jetzt mit dir vorhabe, auch neu für dich.« Aus dem Nirgendwo zaubert er eine Schale hervor. »Das stahl ich aus euren Vorräten.« Sein Zwinkern verleiht ihm Verwegenheit. »Es ist nur ein bisschen Schmalz. Deine Mutter wird es nicht vermissen.« Er taucht seine Finger hinein, stellt die Schale zurück auf den Boden.

»Was hast du damit vor?«

Seine Finger zwischen meinen Backen, sie massieren eine Stelle, die normalerweise für andere Dinge vorgesehen ist.

Bin so erschrocken, dass ich laut nach Luft schnappe.

»Leise«, flüstert er. »Und entspanne dich.«

»Du weißt, was du tust, ja?« Stecke zwischen Scham und Verwirrung fest, während mein Körper beginnt, diese Sache zu genießen.

»Ja, ich weiß genau, was ich tue.«

Wie glasig sein Blick wird. Er versucht, die Lust dahinter zu verstecken, aber es gelingt ihm nicht.

Nach einer Weile findet sie den Weg zu mir. Kreist wie Louans Finger um diesen hochsensiblen Punkt.

Vergesse die Zeit, vergesse mich. Nur das langsam wiedererwachende Ziehen in meinen Lenden spielt eine Rolle.

Mit der freien Hand streicht Louan zärtlich über die Innenseite meines Oberschenkels, während er mir dabei in die Augen sieht. »Du wirst weich.«

»Weich?« Was ihm von mir entgegen ragt, ist hart.

Hauchzart fährt er mit den Fingerspitzen darüber. »Den meine ich nicht.«

Ein Schauder reiner Erregung nimmt mich für einen Moment gefangen.

»Sondern das hier.«

Sein Finger gleitet in mein Inneres.

»Mach das nicht.« Ich sollte mich ans Kopfende flüchten, fort von dieser verbotenen Zärtlichkeit.

Louan beugt sich über mich, umschließt einen meiner Nippel mit den Lippen, während ein zweiter Finger dem ersten folgt.

»Louan!« Es ist zu viel, zu neu, zu einzigartig. Ich weiß nicht, wohin mit mir. Werde verschlungen von Empfindungen.

Die wahnwitzigsten Gedanken schießen mir durch den Kopf, verbrennen einen Wimpernschlag später in reiner Glut.

Rein und raus. Immer wieder.

Ich werde in der Hölle landen. Was so guttut, ist garantiert eine Sünde.

Die Finger verschwinden.

»Mach weiter, bitte!« Ich wimmere vor Enttäuschung.

»Warte.«

Etwas Breites, Festes drückt gegen mich.

Seine Spitze?

Sie bahnt sich einen Weg in mich hinein.

»Es tut weh!« Habe noch nie flüsternd geschrien.

»Das einzige Heilmittel gegen den Schmerz, ist der Schmerz selbst.« Sacht küsst er meine zitternden Lippen. »Nimm ihn an. So innig, so ganz und gar, bis er dir vertraut und zu etwas anderem wird.«

Zu was?, will ich fragen, aber da ist nur das drängende Brennen in mir. Will vor ihm fliehen, will dichter zu ihm.

Mich packt nackte Angst.

Louan schlingt seine Finger um meine, bedeckt meinen Hals mit saugenden Küssen. »Vertraue mir«, wispert er gegen meine Haut. »Bitte, Iven.«

Schmerz. Lust. Ein Brennen, das mich zu schmelzen beginnt.

Verliere mich in ihm.

~ * ~

Mein Mund ist trocken. Kann kaum schlucken, als ich ihn schließe.

Louan hält die Lider gesenkt. Seine Finger, die ich eben noch zwischen meinen spürte, umschließen das Weinglas.

»Du brauchtest eine Weile, doch dann trug dich der Rausch ein zweites Mal hinweg. Du hast geschrien vor Lust und ich hatte Sorge, dass deine Mutter jeden Moment in die Kammer stürmen könnte.« Ein Lächeln umspielt seine Lippen. »Aber sie hat es nicht getan.«

»Ich fühlte dich in mir.« Als wäre er tatsächlich in mich eingedrungen. »Während du erzählt hast.« Es macht mir Angst.

»Dein Körper erinnert sich.«

»Er kann sich nicht erinnern.«

»Du bist erregt.« Er nickt zu meiner Mitte. »Ein stattlicher Anblick. Ich genoss ihn damals und tue es heute.«

Ich taumele vom Bett, suche meine Pants und streife sie über.

Meiner Erektion ist das egal. Sie pocht weiter unter dem eng anliegenden Stoff.

»Das ist nicht normal.« Habe Mühe, mich auf die Realität zu konzentrieren. »Wie machst du das?«

»Ich könnte sagen, dass ich ein guter Erzähler bin.« Er nippt am Wein, legt den Kopf in den Nacken und lässt den Schluck langsam die Kehle hinunterrinnen. »In deinem Fall ist es mehr. Ein Stück deines Lebens. Es gehört zu dir, auch wenn du es nicht wahrhaben willst.«

»Wie soll ich glauben können, dass wir uns vor Jahrhunderten begegnet sind?«

»Du hast den Schatten gespürt.«

»Ja.« Herrgott! »Da war etwas.« Vielleicht auch nicht. Kann meinen Sinnen kaum noch trauen.

»Du fühlst etwas für mich. Etwas, das du niemals für einen Fremden empfinden würdest.«

»Ja, auch das.« Das ängstigt mich am meisten.

»Dann akzeptiere es!«

»Nein!« Ich reiße die Fensterflügel auf, starre in die Nacht.

Ich habe Angst. Vor Louans Geschichte, vor dem, was sie mit mir macht.

»Ist es ein Trick?« Ich würde es ihm verzeihen.

»Ich trickse nie.«

Das Bett knarrt.

»Ein Trick ist eine Lüge.«

Ich spüre die Wärme seines Körpers hinter mir.

»In meinem Leben existieren keine Lügen. Sie würden das Licht schwächen und der Herrscher der Schatten hätte leichtes Spiel mit mir.«

»Ich wünschte, du hättest das nicht gesagt.« Der Herrscher der Schatten. Mag sein, dass Louan daran glaubt.

Ich nicht.

Ich drehe mich zu ihm um, umfasse sein Handgelenk. »Das Blutopfer war ein Versuch, dich zu töten. Weshalb?«

Louan dreht seine Hand aus meinem Griff.

»Wer ist der Herrscher der Schatten? Deine Ängste? Das Echo eines Traumas?«

»Er ist das, was das Licht erstickt.« Seine Augen nehmen einen seltsamen Glanz an. »Er ist derjenige, der dich mir weggenommen hat und er wird es wieder tun.«

Was soll ich nur mit ihm machen?

»Du willst Beweise?«

»Ja.« Genau die will ich.

»Wenn sie vor dir stehen wird es zu spät sein.« Er geht zurück zum Bett, wickelt sich in die Decke und rollt sich mit dem Rücken zu mir zusammen.

Ich halte es keinen Moment länger in diesem Zimmer aus.

Werfe mich in meine Kleidung, ziehe die Jacke an und stürme auf die Straße. Einfach nur laufen, nicht denken. In die Einsamkeit tauchen, die für diese Stadt unwirklich erscheint.

Ist es das, was meinem Vater geschehen ist? Dasselbe, das auch Louans Geist verwirrt? Der Zauber verblassender Geschichten, die ihre Hände nach ihm ausstreckten und ihn in eine Fantasiewelt zogen?

Wegen dieser Geschichten schien ihm die Realität blass und unbedeutend.

Wegen dieser Geschichten fiel es ihm leichter, mich zurückzulassen, als sich von ihnen zu trennen.

Wegen dieser Geschichten verbrachte ich den Großteil meiner Kindheit in meinem Zimmer, statt draußen mit den anderen Jungen zu spielen.

Wegen dieser Geschichten halte ich es nie länger als wenige Tage an ein und demselben Ort aus.

Jetzt packen sie mich mit einer Macht, wie ich es nie zuvor erlebt habe. Sie verschlingen mich bei lebendigem Leib und ich weiß, wenn ich dies zulasse, gehe ich ebenso verloren wie mein Vater.

Louan ist der Türöffner zwischen der Realität und der Traumwelt.

Er muss aus meinem Leben verschwinden, oder der Wahnsinn zieht ein.

Greift er nicht längst nach mir? Ich sehe Schatten, wo keine sind. Glaube einem Irren seine aberwitzige Geschichte.

Nein. Ich glaube sie nicht. Niemals. Ich lasse lediglich zu, dass sie mich für einen Moment verführt.

Meine Füße tragen mich zum Hafen. Setze mich auf eine der Bänke. Das leise Plätschern des Wassers, das Dümpeln der Boote. Beides dimmt meinen freidrehenden Verstand auf ein erträgliches Maß.

Ich bin nicht mein Vater und Louan ist kein Buch. Er erzählt Geschichten, mehr nicht. Ich bin es, der ihnen Raum in meiner Realität gewährt, nicht sie sind es, die mich aus meiner Realität in ihren Raum ziehen.

Ich atme ein paar Mal tief ein und aus. Der Morgen legt seine Kühle auf mein Herz, beruhigt es. Er wird die Situation für mich klären und einen liebenswerten Scharlatan oder einen bezaubernden Spinner entlarven. Wie auch immer, ich werde damit umzugehen wissen, mich von ihm distanzieren und meine Reise ohne ihn fortsetzen. Bald wird die Zeit mit Louan nur eine grotesk-sinnliche Erinnerung sein, die mich nach dem zweiten Glas Wein heimsuchen wird, um mich nach dem dritten wieder zu verlassen.

Meine Lider werden schwer.

Ein schönes Gefühl, sich der Müdigkeit zu ergeben.

~ * ~

Liege allein auf dem Strohsack. Nach der Nacht meines Lebens wache ich einsam auf. Falle aus schwebenden Höhen in dumpfe Tiefe.

Was ist, wenn Louan bereits aufgebrochen ist? Wenn er einfach gegangen ist, ohne sich zu verabschieden? Vielleicht wollte er es mir so leichter machen.

Wehe ihm!

Springe aus dem Bett, stopfe mich in meine Sachen.

Wut im Hals, Trauer im Herz. Nur mein Schwanz steht fröhlich in der Gegend herum und wippt bei jeder Bewegung auf und ab.

Verräter! Allerdings kann ich es ihm kaum verdenken. Er hat, ebenso wie ich, die sinnlichste und lustvollste Nacht seines Daseins hinter sich.

Eine Sünde. Garantiert. Und ich bin der größte Sünder auf der Welt, weil ich mich von einem anderen Mann aufspießen ließ.

Gott, war das wundervoll.

»Ich büße später«, murmele ich in Richtung Himmel. »Dasselbe gilt für meine Bitte um Vergebung. Vorher muss ich dafür sorgen, dass es nicht die letzte Sünde meines Lebens gewesen ist.« Das wäre entsetzlich.

Stürme in die Küche, als gelte es ein Königreich in den Staub zu schmettern.

Da sitzt er. Am Tisch. Isst seine Morgengrütze, als würde er einen stinknormalen Tag beginnen.

Es ist kein normaler Tag. Es ist ein Tag des Abschieds und der Trauer.

Es sei denn, ich wehre mich dagegen.

Binnen zwei Atemzügen weiß ich, was ich tun muss.

»Ich werde dich begleiten.« So, die Worte sind raus und ich stehe hinter jedem einzelnen. Dennoch huscht mein Blick zur Kochstelle.

Mutter ist nicht da.

Mir fällt ein Stein vom Herzen.

»Spare dir sämtliche Gegenargumente. Du brauchst mich und du weißt es.«

Der Mann mag attraktiv wie die Frühlingssonne sein, aber auch komplett lebensuntauglich. Sonst wäre er nicht so dünn und würde nicht trotz eines Gewitters auf regengetränkten Ebenen herumirren.

Er ist weise? Gelehrt? Warum hat ihm niemand beigebracht, dass man regelmäßig essen und schlafen muss und während eines Unwetters einen Unterschlupf zu suchen hat?

Und da ist noch etwas. Seine Reise ist gefährlich. So viel habe ich aus dem Wenigen, das er in den letzten Tagen von sich preisgegeben hat, herausgehört.

Er scheint verfolgt zu werden. Von Schatten, von der Dunkelheit. Beginne ich nachzubohren, was genau er damit meint, wird sein Blick finster wie eine Sturmnacht über dem Meer.

Angsteinflößend. Er hat ohnehin etwas Sonderbares an sich.

Mari behauptet, er sei ein Nachkomme des Alten Volkes. Auf hundert Schritt würde sie das erkennen. Ein Fuß in der Anderswelt, der andere hier.

Ich fragte ihn danach, erntete jedoch nur ein Brauenzucken. Keine Ahnung, ob ich es als Ja oder Nein werten soll.

Es bleibt dabei. Er hat eine lange Reise hinter sich und eine ebensolche vor sich. Bisher hat sie es nicht gut mit ihm gemeint.

»Du bist zu dünn«, bringe ich es auf den Punkt. »Der Winter hat nicht einmal begonnen, und du siehst bereits aus, als lägen mindestens fünf hinter dir.«

»Gestern Nacht hast du dich nicht darüber beklagt.« Spott blitzt in den braunen Augen. »Mir kam es eher so vor, als hättest du von mir nicht genug bekommen können.«

»Das war nur, weil …«

Sein blassrosa Nippel zwischen meinen Lippen, meine Hände, die unablässig über Brust, Bauch und Lenden streichen.

Muss mir die Erinnerung daran ausgerechnet jetzt kommen?

Sicher war es weit nach Mitternacht gewesen. Nach einem kurzen Schlummer bin ich erwacht, fühlte meinen beanspruchten Körper und auch die Erregung, die allein durch Louans Anblick zurückkehrte.

Ich vereinnahmte ihn mit all meiner Leidenschaft, wollte ihn auf dieselbe Weise besitzen, wie er mich besessen hatte.

Ich war zu wild. Die Gier überwältigte mich und raubte mir jeden Verstand, jede Rücksichtnahme.

Louan verbiss sich Schmerz und Lust an meiner Schulter und kaum, dass er wieder zu Atem gelangt war, fluchte er derber als Mutter zu ihren schlimmsten Zeiten.

Gekommen war es ihm dennoch. Sogar recht heftig.

Aus reiner Reue leckte ich ihm die Schlieren vom Bauch.

Das erste Mal, dass ich den Samen eines anderen Mannes probierte.

Louan schien es gefallen zu haben. Wenigstens hat sich seine schmerzverzerrte Miene dabei verklärt.

»Ich weiß, ich muss noch viel lernen.« Vor allem in Liebesdingen. »Umso wichtiger, dass ich mich einem fähigen Lehrer anschließe.«

Louans Braue zuckt nach oben.

Gut, offenbar ist er nicht gewillt, mich als seinen Schüler anzunehmen.

»Vergiss das mit dem Lernen.« Wem will ich etwas vormachen? Ich bin ein Tölpel. Aber ein nützlicher Tölpel. »Akzeptiere meinen Dienst und entscheide selbst, wann und auf welche Art du ihn benötigst.«

Die Hand, die den Löffel hält, sinkt langsam hinab. »Du willst mein Diener sein?«

»Ja.« Scheiß auf meinen Stolz. Hier mache ich auch nichts anderes, als Mutters Befehle auszuführen.

»Deine Mutter erschlägt dich, wenn sie das hört.«

Für jemanden, der erst drei Tage unseren Haushalt teilt, weiß er bereits gut darüber Bescheid.

»Das ist mir egal.« Ich klinge weitaus mutiger, als ich bin.

»Dann verrate mir, was ich mit einem erschlagenen Diener anfangen soll?«

Reiner Spott. In der Stimme, im Blick, überall.

»Hör mit dem Wortdrechseln auf!« Er hat längst bewiesen, dass er darin ein Meister ist. »Ich gehe mit dir und Schluss!«

»Ich brauche keinen Diener.« Louan legt den Löffel beiseite. »Ich hatte nie einen. Warum sollte ich das jetzt ändern?«

»Nie?« So lang ist das in seinem Fall nicht. »Du hast gesagt, du seist ein Meister. Meistern stehen Diener zu.« Oder nennt man es Pagen? Knappen?

»Was weißt du von meiner Zunft?« Seine Augen werden schmal. »Was weißt du von den Verpflichtungen, die sie mir abverlangt?«

»Gar nichts, weil du mir bis auf ein paar Brocken nichts verrätst!«

»Und das wird auch so bleiben!«

»Meinetwegen! Aber nimm mich mit! Es geht nicht nur um das, was ich für dich empfinde.« Himmel, was rede ich da? »Ich will die Welt sehen. So wie du. Ich will auf einem Schiff nach Norden segeln. Will fremde Völker kennenlernen, will die heiligen Steine Britanniens in Augenschein nehmen.«

Er hat mir von ihnen erzählt. Ich wette, unsere sind größer und schöner. »Verdammt, jeder dahergelaufene Wikinger hat mehr gesehen als ich!«

»Worauf du deinen hübschen und grausamen Schwanz verwetten kannst.« Seine Stimme klingt kalt und schneidend. Wie eine frisch geschliffene Klinge.

»Sie mögen Berserker sein, doch sie verfügen über Künste und Fertigkeiten, von denen du nur träumst.«

»Und was sollen das für welche sein?« Es ist wohl kaum rühmlich, Rekorde im Menschabschlachten zu brechen.

»Sie bezwingen ihre Ängste nicht nur, sie erschlagen sie und erheben sich frei wie Adler über sie hinweg. Das verleiht ihnen Spielraum für ein Leben, jenseits deiner Vorstellungskraft.«

Gott, wie seine Augen leuchten. Er bewundert diese axtschwingenden Wilden. Ich weiß nicht warum, aber er tut es.

Weil sie vergessen haben, die Dunkelheit zu fürchten? Weil sie kein Problem darin sehen, einen Mann vor den Augen seines Sohnes zu zerhacken? Weil ihnen egal ist, ob sie leben oder sterben?

»Todesfurcht ist nichts anderes, als die Liebe zum Leben.« Ich straffe meine Schultern, um Louans Argumenten standhalten zu können. »Es ist ein Geschenk, auch wenn es sich hin und wieder wie eine Geißel auf deinem nackten Rücken anfühlt.« Sie zieht Striemen bis auf die Knochen. Ich habe es selbst erlebt und Louan mit Sicherheit ebenfalls. Dennoch, ein Geschenk ist ein Geschenk und jeder Sommertag, jede blühende Hortensie, jedes silberne Glitzern auf den Wellen, ist der Balsam, der die geschlagenen Wunden heilt.

Der Tod erfüllt nur einen Zweck. Er erinnert uns daran, dass unser Leben eines Tages endet und wir es nicht verschwenden sollten.

Hier verschwende ich es. Ich spüre es bis in die Eingeweide.

Ich bin nicht dazu erschaffen worden, ein Fischer zu sein. Gott hat mich nie dafür vorgesehen, bis zum Ende meiner Tage dieselben Schritte auf demselben Flecken Land zu gehen.

Er will fremde Erde unter meinen Füßen. So lange, bis sie mir vertraut wird. Er will fremde Menschen um mich herum, so lange, bis sie zu Freunden oder Feinden werden. Er will, dass meine Finger einen Schwertknauf umschließen und keine Angel.

Nicht, um zu töten. Nein, ganz sicher nicht.

Aber um den zu beschützen, den ich liebe. Um ihm den Weg zu ebnen, sein Haupt etwas weicher zu betten, seinen Magen etwas öfter zu füllen, seinen Körper zu wärmen, wenn Frost und Sturm an ihm zehren.

»Und was ist mit deiner Mutter?«

Herrje! »Die trete ich an den Nachbarn ab.« Zusammen mit Haus, Ziege, Katze und Fischerboot. »Glaub mir, der reißt sich um sie.« Nur für die Dauer eines Zwinkerns kommen mir Zweifel. Ich wische sie beiseite. »Lass mich dir helfen.« Zum ersten Mal in meinem Leben kenne ich meine Aufgabe. »Ich verlange nichts dafür. Ich will einfach nur derjenige sein, der ...«

»Ich benötige keinen Diener.« Er erhebt sich, verlässt das Haus.

»Und ob du das tust!«, brülle ich der geschlossenen Tür zu. »Du willst es nur nicht wahrhaben!« Bin ich der Einzige, der die göttliche Intervention erkennt?

Mit voller Wucht landet meine Faust auf dem Tisch. »Sag mir jetzt ganz genau und haarklein, was du von mir erwartest!« Ich brauche ein Zeichen und damit meine ich nicht das Zucken in meinem Unterleib, wenn ich an Louan denke. Eher einen brennenden Schriftzug an der Wand, der mir den Weg weist.

Gott schweigt.

»Mann, rede!« Meine Respektlosigkeit erschreckt mich, was mich jedoch nicht daran hindert, ein zweites Mal auf den Tisch zu schlagen. »Stopf mich nach dem Tod in die finsterste Hölle, doch bis dahin erlaube mir, bei Louan zu bleiben!«

Stille.

»Und ja! Es ist auch wegen der Dinge, die wir miteinander machen! Ist es das, was du hören willst? Dass ich wollüstig und sündig bin? Ja, bin ich! Aber das weißt du längst! Du hast mich so geschaffen, verdammt noch mal! Also beklag dich jetzt nicht!«

»Was für Dinge?«

Gott? Warum bedient er sich der Stimme meiner Mutter?

Weil sie es ist.

Ich sinke auf den Hocker, der warm von Louans Hintern ist. »Ich habe mich versündigt.« So jedenfalls würde sie es sehen. »Und nun bitte ich Gott, es zu vergessen und mir trotzdem meinen Wunsch zu erfüllen.«

»Mit dem Mann, der gerade vom Hof reitet?«

»Mit wem sonst, oder denkst du, ich würde dir Mael streitig machen?«

»Wärst du ein Kind, würde ich dich verdreschen.«

Gut. Ich dachte schon, sie würde es jetzt auch noch versuchen. Verübeln könnte ich es ihr nicht.

»So bleibt mir nichts anderes, als für dich zu beten. Inständig!« Ihre Lippen ziehen sich in der Redepause zu einem schmalen, weißumrandeten Strich.

Mutter ist so wütend, dass die Luft um sie her knistert.

124

»Aber ich verlange, dass du im nächsten Frühling heiratest.«

»Die einzige Person, die dafür in Frage käme, reitet gerade von dannen.«

In zwei Schritten steht sie vor mir, holt aus.

Ich fange ihre Hand kurz vor meinem Gesicht ab. »Die Zeiten sind vorbei. Das solltest du bemerkt haben.«

Ihr Blick schickt mich vorzeitig ins Grab.

Ich lasse ihr Handgelenk los, verlasse das Haus.

Alles, was ich will, ist alleinsein.

~ * ~

»Guten Morgen.«

Etwas stößt an meinen Fuß.

»Tut mir leid.«

Es stößt mich wieder.

Ein Besen. Er fegt die Zigarettengimpel unter der Bank beiseite.

Ich sehe an dem Stiel hinauf bis zu zwei behandschuhten Händen. Darüber ist ein Grinsen, gefolgt von einer wulstigen Nase und von dichten Brauen beschatteten Augen.

»Hat Ihre Frau sie rausgeschmissen?« Der Straßenkehrer grinst noch breiter. »Oder haben Sie im Suff vergessen, wo Sie wohnen?«

»In meinem Bett liegt ein verrückter Druide. Er und seine Geschichten machen sich so dick, dass kein Platz mehr für mich ist.«

Der Mann zuckt die Schultern. »Na ja, jeder hat sein Päckchen zu tragen.« Seufzend setzt er sich neben mich. »Bei mir ist es meine Frau. Sie klagt und wettert, von dem Moment, wo sie ihre Lider aufschlägt, bis zu dem, wo sie sie endlich schließt.«

»Ist das nicht der Klassiker?« Mein Druide ist bei Weitem origineller.

»Mag sein. Aber der Punkt ist folgender: Was hindert uns daran, unsere Päckchen zum Teufel zu jagen und ohne sie ein freies und glückliches Leben zu führen?«

»Nichts. Ich trennte mich von derartigen Päckchen bisher immer nach der ersten oder zweiten Nacht.«

»Gut. Machen Sie das wieder. Jagen Sie Ihren Druiden zum Teufel.« Die kleinen Augen funkeln mich spöttisch an. »Wo ist das Problem?«

»Dass ich es nicht kann.« Verdammt, was gehen diesen Mann meine Sorgen an?

»Und warum nicht?«

»Weiß ich nicht.« Louan ist der Abgrund, in den ich mich mit einem Lächeln im Herzen stürze, obwohl ich weiß, dass es das Letzte sein wird, was ich jemals in meinem Leben tun werde.

Derlei aberwitzige Taten kennen keine Gründe. Sie geschehen einfach.

»Sie sagen, er erzählt Geschichten?«

Ich nicke.

»Sind sie gut?«

»Sie sind fantastisch.«

»Und Sie mögen fantastisch gute Geschichten, ja?«

»Ich liebe sie.«

»Und Ihren Druiden, den lieben Sie auch?«

Ich nicke erneut.

»In diesem Fall sind Sie ein glücklicher Mensch, Monsieur. Ihr Päckchen ist kein Päckchen, sondern Ihr Geschenk. Sie sollten sich darüber freuen.«

»Aber es macht mich wahnsinnig.« Ich wünschte, ich würde übertreiben.

»Damit sind Sie nicht allein auf der Welt. Das muss Ihnen als Trost genügen.« Er stützt sich auf dem Besen ab, hievt sich in die Höhe. »Grüßen Sie Louan von mir, wenn Sie ihn wachküssen. Und hören Sie das nächste Mal besser zu. In seinen Geschichten steckt viel Wahrheit. Die tut Ihnen gut.«

»Sie kennen Louan?«

»Natürlich. Jeder kennt ihn.« Pfeifend fegt er sich davon.

Ich starre seinen behäbigen Schritten hinterher.

Es steckt Wahrheit in den Geschichten?

Was ist dann mit meinem Traum? Er begann exakt an der Stelle, an der Louans Erzählung geendet hatte.

Bin verwirrter als letzte Nacht.

Louan schläft, als ich das Zimmer betrete. Eine Hand über dem Kopf, die andere locker an der Seite.

Die Decke liegt zusammengeknüllt am Fußende, was mir einen unverstellten Blick auf seine verlockende Nacktheit gewährt.

Er ist sehr schlank, beinahe dünn.

Vergisst er immer noch, zu essen, wenn sich niemand um ihn kümmert?

»Ich wünschte, deine Geschichte wäre wahr.« Ich setze mich neben ihn, streiche ihm sacht mit der Hand über den Bauch, tiefer, bis zwischen die Beine. Seine Morgenerektion zuckt unter meiner Zuwendung.

»Ich wünschte, ich wäre Iven.« Mein Leben hätte einen Sinn, wäre lichtdurchdrungen und angefüllt mit Liebe.

Louan seufzt im Schlaf.

Ich schmiege mein Gesicht an seine Leiste, atme den Duft ein. »Es tut mir leid, dass ich dich gestern Nacht alleinließ.« Die samtige Spitze schmeichelt meinen Lippen. Langsam lasse ich seine Härte in meinen Mund gleiten.

Ein Schauder erfasst Louan.

Ich sauge ein wenig, beiße zärtlich.

»Iven?« Er sieht an sich hinab, lächelt.

Ich sauge fester.

Mit einem kehligen Laut lässt er sich zurück aufs Kissen fallen.

Er genießt meine Zuwendung.

So wie ich.

Eine Weile gelingt es mir, mich zu zügeln. Ihn sanft zu verwöhnen, seinem Stöhnen zu lauschen. Doch als ich den ersten Lusttropfen schmecke, ist es vorbei. Ich will, dass er sich aufbäumt. Dass er sich in einem wilden Rausch verliert, dass er sich unter mir windet und mich anfleht, ihn zu erlösen.

Ich verschlinge ihn. Sauge, bis aus seinem Stöhnen ein hilfloses Wimmern wird. Spüre sein Zittern unter mir, verliere mich in seiner Lust.

Ich umfasse den Schaft, ziehe die Haut stramm zurück und widme meine intensivste Aufmerksamkeit der längst tropfenden Spitze.

Dem knarrenden Geräusch nach klammert sich Louan an die Streben des Kopfendes.

Sein Leib beginnt zu zucken.

»Iven!«

Meine Zungenspitze malträtiert das kleine Loch.

»Iven, bitte!«

Wie ich dieses raue Flehen liebe. Ich koste es aus, halte mich für einen Moment zurück, bis es ein zweites und ein drittes Mal erklingt. Erst dann erlöse ich ihn.

Nässe spritzt mir in den Mund. Ich schlucke, was ihm erneut ein kehliges Stöhnen entlockt, schiebe mich auf ihn. Schwer wie gestern Nacht.

Louan ringt nach Atem, doch sein Blick ist so verklärt, dass ich mich kaum daran sattsehen kann.

Ich streiche ihm die verschwitzten Haare aus dem Gesicht, fahre mit der Fingerspitze über seine Lippen.

»Du schmeckst gut.« Um ihm eine Kostprobe zu geben, nehme ich seinen Mund mit einem tiefen Kuss.

Er gibt sich ihm hin. So innig, so ganz und gar.

Ein Schleier fällt. Ich wusste nichts von seiner Existenz. Er wehte unsichtbar zwischen dem Jetzt und Nie geschehen. Das Bett ist ein Strohsack, das Zimmer eine dunkle Kammer. Eng und nur kläglich beleuchtet von einer einsamen Kerze. Meine Hände graben sich in Louans Haare, mein Mund mutet seinem ein Spiel zu, das zu wild ist für einen erschöpften Mann wie ihn.

Bin zu erregt, um an meinem Verstand zu zweifeln.

Iven, Demian, nur Namen. Ohne Bedeutung. Der Einzige, der zählt, ist Louan.

Erst, als ich meine Kleider von mir zerre, drifte ich zurück in die Realität. Es macht nichts. Auch das ist gut.

Er zieht mich auf sich, schlingt die Beine um mich.

Ich weiß, was er will. Ich will es auch, aber nicht ohne Gummi.

Blind taste ich nach meinem Rucksack. Er steht neben dem Bett und in den zahllosen Innentaschen muss ein Kondom sein.

Endlich knistert es zwischen meinen Fingern.

Während ich es mir überstreife, höre ich nicht auf, Louan zu küssen.

Langsam schiebe ich mich in ihn hinein.

Louan schnappt nach Luft, verkrampft sich.

Ich liebe die Enge beim ersten Eindringen. Eine Zeit lang gebe ich mich ihr hin. Louan braucht eine Weile, um sich zu entspannen. Ich hätte ihn vorbereiten sollen. Als Entschuldigung für meine rücksichtslose Gier küsse ich seinen Hals, sauge die Haut in meinen Mund.

Louan seufzt dankbar, lässt etwas locker.

Sacht dringe ich tiefer in ihn.

Er beißt die Zähne zusammen, verkrampft sich erneut.

Ich stöhne auf unter der plötzlichen Enge.

Meine Lust scheint ihm zu helfen. Er wird weicher, entspannt sich.

»Sag mir, wer du bist.«

»Das habe ich längst.«

Ich liebe den Klang seiner vor Schmerz und Erregung heiseren Stimme.

»Die Wahrheit.« Meine Gier nach ihm wächst mit jedem Augenblick, lockt Traumbilder und Fetzen einer fantastischen Geschichte an die Oberfläche.

»Du musst dich erinnern, Iven.«

War das ein Schluchzen? Das leise Geräusch inmitten der angestrengten Atemzüge?

Ich koste Louans Schweiß, nehme ihn tief und hart.

Louan öffnet den Mund, doch der Schrei bleibt in seiner Kehle.

Zwischen uns spüre ich sein Glied zucken.

»Bitte mich.« Ich will dieses sanfte, keuchende Flehen hören.

130

»Iven.« Mit einem rauen Stöhnen klammert er sich an meine Schultern. »Iven, bitte!«

Mein Unterleib krampft. Ich gleite in den lustvollsten Taumel seit langem. Mute Louan ohne Rücksicht meine Ekstase zu.

Ich weiß, dass er nicht mehr in der Lage ist, zu sprechen. Die Laute, die seinen Mund stoßweise verlassen, genügen mir. Sie tragen mich wie hochschlagende Wellen an einen Ort jenseits aller Zeit, fernab der Realität.

~ * ~

Jemand pocht an der Tür. Nicht an meiner.

Ich stolpere aus der Kammer.

Mutter steht mitten im Raum, ein Talglicht in der Hand, Ärger im Blick. »Wer ist da?«, poltert sie mit herrischer Stimme.

Ich bete, dass es Louan ist.

Ein Krachen, und die Tür zerbirst in Splitter.

Mutter schreit auf, kreidebleich im Gesicht.

Dunkelheit flutet das Haus. Wie Brackwasser sickert sie in jeden Winkel. Sie löscht das Licht, erstickt die letzten Flammen des Herdfeuers.

Ich versuche, zu atmen, doch nur zähe Masse dringt in meine Lungen.

Louan.

Der Name bildet sich in meinem Verstand. Nicht hell und klar, nicht leuchtend wie sein Besitzer, sondern verzerrt und geschändet.

Die Finsternis der Welt hält mich gefangen. Bewege mich in ihr wie in flüssigem Pech. Es tropft in meinen Kopf, verklebt mein Herz.

Sie will nicht wissen, wo Louan ist. Sie hat ihn schon früher aufgespürt und wird es wieder. Sie ist nur hier, um mich zu bestrafen. Weil ich ihrer Beute Unterschlupft gewährte, weil ich mich erdreistete, das zu lieben, was sie hasst.

Unzählige Gesichter, zu Fratzen entstellt oder gefroren in Gleichgültigkeit. Sie dringen auf mich ein, zeigen mir das, was aus den Menschen wird, wenn sie sich der Dunkelheit ergeben.

Ich kauere hinter einer Baumwurzel, lausche den Todesschreien meines Vaters und ersticke an meiner Angst. Mein Leben versinkt in den Schatten. Sie sind überall.

Warum habe ich sie damals nicht wahrgenommen? Jetzt sehe ich sie so deutlich, dass mir schlecht davon wird. Auch mein Gesicht ist eine Maske, verzerrt vor Verzweiflung und Scham über meine Feigheit.

Legte ich sie je ab? Warf ich sie ins Feuer, bis nur Asche und Rauch übrig blieben? Oder verstecke ich sie unter dem Strohsack und schlafe nun Nacht für Nacht belauscht von meinen Albträumen?

Ein wahnwitziger Gedanke bahnt sich einen Weg durch die Schwärze in mir. So lange sich die Schatten mit mir befassen, ist Louan in Sicherheit. Indem ich sie dazu bringe, mich zu peinigen, vergrößere ich seinen Vorsprung. Vielleich schafft er es zu seinem Kollegen. Vielleicht sind sie zu zweit stark genug, um es mit der Dunkelheit aufzunehmen.

Jeder Moment Finsternis für mich, ist ein Moment Licht für Louan.

Ich stehe auf, trete hinter der Wurzel hervor.

Zum Teufel mit euch!, schmettere ich ihnen entgegen. *Nehmt mein Leben und verreckt daran!*

Fischer sind harte Burschen. Wie eine gigantische Gräte werde ich ihnen im Schlund stecken.

Ein ohrenbetäubendes Brausen, Kälte, die mein Herz splittern lässt.

Und wenn schon. Ohne Louan brauche ich es nicht.

Ich bleibe stehen, obwohl meine Beine drohen, den Dienst aufzugeben.

Los! Hier bin ich! Fresst mich auf! Erstickt mich! Macht sonst etwas mit mir, aber bildet euch nicht ein, dass ihr das heil überstehen werdet!

Habe nie zuvor meinen Mund so voll genommen. Schmecke die Schwärze auf der Zunge, rieche die Angst, die meinem Körper entströmt. Es ist egal. Ich will keinen heldenhaften Tod wie die Ritter in Louans Geschichten. Es muss nur ein langsamer Tod sein, der meine Mörder bei der Stange hält.

Als wäre ich bei Sturm aus dem Boot gespült worden, so fühle ich mich. Die Finsternis schleudert mich hin und her, schlägt mir ihre Wellen in Hirn und Gedärm. Jedes Mal schmettert sie Stücke von mir.

Soll sie. Die Wurzel liegt hinter mir. Ihr Schutz war ohnehin nur eine Lüge. Es gibt keinen Schutz. Nur mich. Zwischen den Schatten und Louan.

Zeit verrinnt, Zeit verschwindet. Meine Angst folgt ihr. Ich ebenfalls. Weiß nicht, was noch von mir übrig ist.

Kein Boden mehr unter den Füßen. Nur endlose, schwarze Tiefe.

»Iven!«

Mutter kniet über mir.

»Junge bitte, mach die Augen auf!«

Sie lebt. Ich lebe. Auch Mari, obschon sie fahler als ein Januarmorgen ist.

Ich liege unter Mengen an Decken.

Licht scheint durch die Fenster.

»Was ist passiert?«

»Die Dunkelheit hat sich um dich geschlungen. Ich war sicher, du würdest in ihr sterben.« Ihre Stimme zittert. »Es war wie ein Kampf, immer, wenn ich dachte, du unterliegst, wurden die Schatten blasser. Immer, wenn ich dachte, du siegst, begannst du zu schwanken und das Schwarz wurde so dicht, dass ich dich kaum noch darin sehen konnte.« Sie presst die Hand auf den Mund, schluchzt.

»Ist ja gut.« Ich rappele mich auf, lege die Arme um sie. »Es ist vorbei.« Mir ist so übel, als hätte ich gammligen Fisch gegessen. »Sie sind fort.«

»Ja, weil du sie in die Flucht geschlagen hast. Ich weiß nicht wie, doch du hast es getan.« Mutter zieht die Nase hoch und wischt sich die Augen. »Sie flossen von dir hinab aus der Tür. So dünn und durchscheinend, als hätten sie ihre gesamte Kraft eingebüßt.«

»Sie scheinen meine mitgenommen zu haben.« Fühle mich zittrig und leer. Selbst das Atmen strengt mich an.

»Kaum waren sie fort, bist du umgesunken. Dein Herz schlug noch, aber du wolltest nicht aufwachen.«

Das letzte Mal sah ich Mutter weinen, als sie Vater beerdigt hat.

»Ich deckte dich zu, um dich warm zu halten. Die ganze Zeit saß ich neben dir.«

»Wann war das?« Draußen ist es lichter Tag. Wie lange habe ich die Schatten aufgehalten?

»Kurz danach ist es hell geworden.«

134

»Ich muss zu Louan.« Im Nu bin ich auf den Beinen, ignoriere den Schwindel, der mich wie eine Windböe packt. »Die Finsternis ist ihm auf den Fersen. Ich muss ihm helfen.« Hätte er mich bloß gleich mitgenommen! Ich habe ihm gesagt, dass ich mit der Dunkelheit zurechtkomme. Warum wollte er nicht hören?

»Nein.« Mutter nimmt meine Hand. »Tu mir das nicht an.«

»Geh zu Mael!« Ich fasse ihre Schultern. »Du liebst ihn doch ohnehin.« Sie wäre versorgt. Mael ist ein starker Mann, dessen Haar erst an den Schläfen ergraut ist. »Mari geht mit dir. Niemand hat etwas gegen zwei helfende Hände.

Mutter schlingt die Arme um mich. »Du darfst diesem Louan nicht folgen. Er zieht das Unglück nach sich. Du hast es selbst gesehen!«

Eine Umarmung, ein Kuss auf ihren Scheitel und ich drücke sie von mir. »Ich brauche das Pferd.«

»Iven!«

»Das Pferd!«

Sie nickt. Dicke Tränen rollen über ihre Wangen. »Sehe ich dich wieder?«

»Ich weiß es nicht.« Ich wollte fort von hier. Warum zerreißt es mir jetzt das Herz? Ich raffe ein Brot und eine Handvoll Äpfel zusammen, wickele alles in ein Tuch und schlage es in eine meiner Wolldecken ein.

Die Gedanken überstürzen sich, als ich in den Stall renne.

Luik wiehert aufgeregt. Er hat Angst. So wie ich. Hoffentlich finde ich Louan.

Er wollte gen Osten reiten, so weit es geht an der Küste entlang. Das hatte ihm Mutter am ersten Abend aus der Nase gezogen.

In einem Stoßgebet danke ich Gott für ihre Neugierde und sitze auf. Es gibt einige Fischerdörfer an der Küste. Ich werde mich durchfragen.

Am späten Nachmittag erreiche ich das Nachbardorf. Die meisten Leute, die hier wohnen, sind mir bekannt, also werden sie meine Fragen beantworten und mir kein Misstrauen entgegenbringen.

Ja, ein Fremder sei hier gewesen. Der Schmied hätte ihm ein Nachtlager angeboten. In aller Frühe wäre der Mann jedoch wieder aufgebrochen. Richtung Osten.

Ich bedanke mich, treibe Luik zur Eile an.

~ * ~

»Wach auf, wir müssen los.«

Das Rütteln an meiner Schulter bringt nicht viel. Meine Lider sind bleischwer. Auch der Rest von mir. Als steckte ich in dem Traum fest. Er will mich nicht loslassen und ich will nicht gehen. Vorher muss ich Louan finden, ihn warnen.

»Iven, du sollst aufstehen.«

Niemand muss gewarnt werden. Louan steht vor mir, verschlingt einen der längst kalten Crêpes.

»Ich heiße Demian.« Wenigstens in wachem Zustand. »Gewöhne dich daran.«

»Du küsst wie Iven, du liebst wie Iven und du nimmst dabei genauso wenig Rücksicht wie Iven.«

Normalerweise hasse ich es, wenn jemand mit vollem Mund spricht. Bei Louan finde ich es amüsant. Er scheint tatsächlich halb verhungert zu sein.

»Allerdings bist du älter als das letzte Mal, und deine Haare sind heller.«

136

»Lass mich raten. Ich sehe auch sonst anders aus, richtig?« Mühsam rappele ich mich auf.

»Ein bisschen.« Er kneift die Lider zusammen, betrachtet mich mit geneigtem Kopf. »Doch deine Augen sind dieselben. An denen erkannte ich dich.«

»Ach ja?« Langsam geht mir seine Beharrlichkeit auf den Geist. »Du bist ein Druide und hast mich mit einem finsteren Bann belegt, der bis in meine Träume wirkt.« Die Möglichkeit ist absurd, gefällt mir jedoch besser, als der an ein früheres Leben oder an Seelenwanderung.

Louan lässt die Gabel sinken. »Der da glaubt es nicht.« Er beugt sich zu mir, tippt mir gegen die Stirn. »Aber das da weiß, dass ich die Wahrheit sage.« Er tippt auf meine Brust. »Und der da«, ohne mit der Wimper zu zucken, greift er mir fest zwischen die Beine, »ist einer meiner innigsten Freunde.« Sein unverschämtes Grinsen steckt an. »Hier, iss. Für mehr ist keine Zeit.«

Der zweite Teller mit dem unberührten Crêpe landet vor mir.

»Wir müssen los.« Nackt, wie er ist, schlendert er zum Badezimmer.

Binnen Sekunden bin ich aus dem Bett. Das Duschwasser läuft bereits, als ich mich zu ihm geselle.

»Ich mache das.« Als sein Diener steht es mir zu.

Ich verteile das Duschgel auf meinen Händen, lasse sie über seine Brust, seinen Bauch wandern. »Habe ich dich damals auch gewaschen?« Meine Finger gleiten um seine Hüften nach hinten, zwischen seine Backen.

»Manchmal.« Er lehnt sich an mich. Seine Erektion drückt gegen meinen Oberschenkel.

»Wenn wir das Glück hatten, eine Herberge mit freundlichen Wirtsleuten zu finden, die uns den Zuber überließen. Das geschah eher selten.«

»Scheint so, als hätte ich etwas nachzuholen.« Mir ist nach allem, aber nicht nach Aufbruch.

»Nein.« Er schiebt mich von sich. »Die Schatten kommen näher. Ich spüre es. Wir müssen los.«

»Hier sind keine Schatten.« Nur, um ihm zu zeigen, was er verpasst, schließe ich die Faust um unsere längst harten Glieder.

Louan stöhnt auf, stößt einen derben Fluch aus. »Für dich ist es ein Spiel, für mich tödlicher Ernst!« Er stößt mich erneut vor die Brust. »Wir müssen los!«

»Wer hat den Wagen? Du oder ich?« Seine Dreistigkeit fällt mir auf die Nerven.

»Iven?« Er starrt mich fassungslos an. »Du bist es doch?«

»Ich heiße Demian Eibenstetter. Wie oft soll ich das noch sagen? Gib endlich zu, dass es eine Masche ist. Es ist okay, ich nehme es dir nicht übel.« Das Spiel muss enden. Jetzt sofort.

Das Wasser rinnt über uns, während er mich minutenlang ansieht.

»Du hast mir einen Eid geschworen.«

»Nein. Habe ich nicht.« Verdammt! So geht das nicht weiter!

»Du hast mir deine Treue, deinen Schutz versprochen.«

»Louan bitte, du weißt, dass das nicht stimmt.« Er ist verrückt. Wenn ich bloß nicht so vernarrt in ihn wäre.

Ich drehe das Wasser ab, schüttele die Tropfen aus dem Haar.

»Zieh dich an.« Genervt werfe ich ihm ein Handtuch zu. »Meinetwegen fahre ich dich, wohin du willst.«

Das Handtuch fällt zu Boden. Er hat nicht einmal versucht, es aufzufangen.

»Fort«, sagt er leise. »Bring mich weit fort von hier. Der Herr der Schatten darf mich nicht finden.«

»Es gibt keinen Herrn der Schatten.« Er macht mich noch irre, mit dem Gerede. »Sie sind in deinem Kopf, und nur dort!« So schnell wie möglich, trockne ich mich ab. Hoffentlich geht es Louan besser, wenn wir unterwegs sind.

»Er hat meine Fährte längst aufgenommen.« Er spricht so ernst, so verzagt. »Du hast mich so oft vor ihm beschützt, ihn gesehen, gegen ihn gekämpft. Warum lässt du mich jetzt im Stich?«

»Aber das mache ich nicht. Wir fahren, okay?«

Langsam kommt er auf mich zu. »Nimmst du deine Aufgabe nicht mehr ernst?«

Ich ringe um Fassung.

»Sie ist wichtig. Ersticken mich die Schatten, stirbt die Wahrheit mit mir.«

»Welche Wahrheit? Es sind nur Geschichten! Die Menschen kommen ohne sie klar.« Ich bin es nicht. Damals in meinem Zimmer. Ohne die Sagen von Artus und seinen Rittern hätte ich Begriffe wie Ehre, Tapferkeit und Pflichtgefühl nie verstanden.

Das habe ich auch so nicht. Mein Leben spielt sich fern solcher Tugenden ab.

Scham. Sie greift nach mir, schmerzt, fühlt sich dennoch richtig an. Louan glaubt an das, wofür er lebt. Auch wenn er es sich nur einbildet.

Ich glaube an nichts.

»Niemand wird dich ersticken, solange du bei mir bist.« Ich lege die Hände an seine Wangen. »Keine Schatten, kein Herrscher. Ich packe meine Sachen, bezahle und wir fahren.«

»Iven! Du musst an die Wahrheit glauben.« Er legt seine Hände auf meine. »Auch wenn sie sich hinter einer Lüge verbirgt.«

Oh Gott! »Trockne dich ab und zieh dich an.« Brauche meine gesamte Beherrschung, um ruhig zu bleiben.

Ich lasse ihn allein, werfe mich in Jeans und Hemd. Was ich vorhabe, ist verrückt. Mindestens so sehr wie Louan. Wie lange bin ich bereit, mit ihm diese Farce zu spielen? Irgendwann werde ich ihn alleinlassen. Das ist meine Natur. Keine Bindungen. An nichts und niemanden.

Das Telefon klingelt. Madame Fouet ist am Apparat. Zwei Herren würden unten auf mich warten. Es sei wichtig.

Auch das noch.

Habe ich mir irgendetwas Illegales geleistet? Mir fällt nichts ein.

»Ich bin gleich zurück«, rufe ich Richtung Badezimmer und eile die Treppe hinab.

»Monsieur Eibenstetter?« Ein älterer Herr, erstaunlich groß und mit Schultern, als hätte er sein Leben lang Gewichte gestemmt, kommt mir entgegen. »Ist mein Sohn bei Ihnen?« Sein schmaler Mund verzieht sich nach unten, während seine dröhnende Stimme Echos in meinem Kopf wirft.

»Ihr Sohn?« Sicherheitshalber stelle ich mich dumm.

»David. Ich bin sein Vater.« Er verzichtet darauf, mir die Hand zu reichen. »Ich weiß, dass er die Nacht bei Ihnen verbracht hat.«

140

Madame Fouet zuckt hinter ihm bedauernd die Schultern. »Ich lasse die Herren besser allein.« Sie huscht davon.

Ich beneide sie.

»Ich kenne keinen David.« Mir ist klar, dass er von Louan spricht.

Die Arroganz dieses Kerls stellt mir die Nackenhaare auf.

Er mustert mich mit unverhohlenem Widerwillen. »Hören Sie, eine anstrengende Geschäftsreise liegt hinter. Mir steht nicht der Sinn nach einer Scharade.« Er zückt seine Brieftasche. »Selbstverständlich werde ich Sie für die Kosten entlohnen, die Sie zweifellos für ihn auslegten.«

»Ich will Ihr Geld nicht.«

»Nicht?« Seine Brauen wandern in die breite Stirn. »Gut, dann bleibt mir nur, Sie darum zu bitten, den bedauerlichen Zwischenfall für sich zu behalten.« Er winkt eine hagere Gestalt näher. »David häuft schon genug Schande auf die Familie.«

Wut im Hals. So viel, dass sie mich würgt.

Louan ist ein Geschenk. Ein verrücktes, aber ein Geschenk.

»Verzeihen Sie den Aufruhr.« Der Hagere nimmt mich beiseite. »Ich bin Doktor Larbin.«

Er nuschelt so stark, dass ich ihn kaum verstehe.

»David hat sich Ihnen unter einem anderen Namen vorgestellt, richtig?«

Ich nicke aus Reflex.

Larbin scheint erleichtert. »Den Namen hat er sich selbst gegeben, vor vielen Jahren. Ebenso wie seine Identität als umherziehender Barde.«

»Er ist ein Filid.«

»Bitte?«

»Ein Druide.«

Das Lächeln wird hilflos. »So sieht er sich zumindest. Ich bin seit langem sein Therapeut.«

»Dann haben Sie seit langem versagt.« Ich mag den Kerl noch weniger als Louans Vater.

»Das befürchte ich auch«, gesteht er mit betrübter Miene. »David reißt regelmäßig aus. Um genau zu sein, jedes Jahr einmal und immer über den Monatswechsel zum November hin. Seine Familie versucht natürlich alles, um ihn daran zu hindern, doch wie durch ein Wunder findet er die erstaunlichsten Fluchtwege. Selbst aus meiner Klinik hat er sich davongeschlichen. Dabei hatte ihn sein Vater extra zur Verwahrung dort untergebracht.«

»Zur Verwahrung?« Vor meinem inneren Auge liegt Louan mit dicken Riemen an ein Krankenbett geschnallt.

Larbin zuckt die Schulter. »Es ist einer seiner Zwänge. Es zieht David stets hierher zur Kirche. Was aus meiner Sicht recht praktisch ist. So wissen wir, wo wir ihn wieder einsammeln können. Bedauerlicherweise kamen wir gestern zu spät. Er hatte den Kirchplatz bereits verlassen. Erst heute Morgen erfuhren wir, dass er bei Ihnen untergekommen ist.«

»Fragten Sie ihn nie, warum er das tut?«

Der Kerl sieht mich irritiert an. »Natürlich. Seine Antwort lautet immer gleich. Er würde auf einen Iven warten. Allerdings gibt es in Davids Umkreis keinen Iven. Das habe ich nachgeprüft.«

»Vielleicht haben Sie auch diesbezüglich versagt.« Ich wünsche mir von ganzem Herzen, Iven zu sein. Jetzt, in diesem Moment.

142

»Auch das mag sein.« Er neigt den Kopf, mustert mich. »Ehrlich gesagt bin ich überrascht, dass sich David an Sie angeschlossen hat. Verstehen Sie mich nicht falsch, doch er ist eher menschenscheu.«

»Waren Sie jemals dabei, wenn er erzählt hat?« Da ist nichts Menschenscheues an ihm. Er hat seine Zuhörer hingerissen.

Er hat mich hingerissen.

»Ich wollte, dass er mir erzählt. Während der Therapiesitzungen. Leider weigert er sich.«

»Was mich nicht wundert.«

Der Mann vor mir würde keine der Geschichten glauben. Er würde sie analysieren und in Zwangsjacken stecken.

»Hat er sie Iven genannt?« In Larbins Blick schleicht sich etwas Lauerndes.

»Nein.« Er verdient die Wahrheit nicht. »Wir trafen uns zufällig und ich bot ihm eine Bleibe an. Dafür hat er mir erzählt.« Die Geschichten werden in meiner Seele zu kostbaren Kleinoden.

»Es ist tragisch«, murmelt er. Seinem Blick nach erwartet er von mir eine Bestätigung.

Louans Hingabe an meine grobe Leidenschaft. Die verklärte Lust in den sanften Augen, sein Bedürfnis nach Nähe. Als wären wir seit Jahrhunderten innig miteinander verbunden.

In seiner Welt sind wir es.

Plötzlich fühle ich mich geehrt, dass er in mir Iven, seinen Vertrauten gesehen hat.

Und entsetzlich, weil ich ihn verraten muss.

»Genug«, herrscht sein Vater und nickt zur Treppe. »Ich werde meine Zeit keinesfalls mit diesem Ärgernis verschwenden.« Er will an mir vorbei.

Ich halte ihn auf.

»Ich gehe vor.« Ehe er es verhindern kann, mache ich genau das. Er soll nicht wütend ins Zimmer stürmen, während Louan mich erwartet.

Louan steht am Fenster, mit dem Rücken zur Tür. Sein angestrengtes Atmen ist das einzige Geräusch im Zimmer.

Ich wünschte, er hätte sich angezogen, doch er ist nackt.

»Du hast den Herrscher der Schatten zu mir geführt.« Keuchend beugt er sich nach vorn, ringt um Luft. »Warum tust du mir das an?«

Ich trete hinter ihn, lege die Arme um ihn. »Es tut mir leid. Dein Vater kam, als du im Bad warst.«

Wild schüttelt er den Kopf. »Er wird mich ersticken! Ich kann nicht atmen!«

»Ganz ruhig.« Sacht wiege ich ihn hin und her. »Gleich wird es besser.«

»Lassen Sie ihn los!« Larbin fuchtelt mit den Händen. »Sie schnüren ihm die Luft ab!«

»Ich lag letzte Nacht oft genug auf ihm, um zu wissen, dass er nicht wegen mir um jeden Atemzug kämpft!«

»Gehen Sie weg von meinem Sohn!« Sein Vater reißt mich an den Schultern zurück.

Ich bin kurz davor, ihn niederzuschlagen.

»Marc!« Larbin huscht herbei. »Marc, bitte. Mäßige dich. Wir wollen keine Eskalation.«

Genau danach ist mir. Ich balle die Fäuste, um dem Drang zu widerstehen.

»David!«, zischt sein Vater durch zusammengepresste Lippen. »Höre sofort auf damit!«

»Er kann nicht aufhören.« Wut zittert in meiner Stimme. »Sie wissen das, wenn Sie sein Vater sind.«

»Natürlich kann er das!« Fluchend zieht er etwas aus der Innentasche seines Sakkos. »Hier, dein Asthmaspray. Nimm es, verdammt!«

Louan schlägt es ihm aus der Hand. »Ich muss meine Reise fortsetzen. Die Menschen vergessen es sonst!«

»Was sollen sie nicht vergessen?« Er wird knallrot im Gesicht. »Deine Spinnereien? Die Märchen, die du ihnen erzählst?«

Louan zuckt zusammen, weicht zurück.

Ich ziehe ihn hinter mich.

»Dass sie einst Ritter waren«, sage ich so ruhig, wie es mir möglich ist. »Dass sie Eide geschworen haben, die Schwachen zu beschützen und an der Seite des Lichtes gegen die Dunkelheit zu kämpfen.« Der Kloß im Hals schnürt mir die Kehle zu. Wäre ich doch so tapfer wie Iven und würde Louan vor dem Schattenherrscher retten können. Mir bleibt nur, ihm meine Jacke um die Schultern zu legen, um ihn vor dem entsetzten Blick seines Vaters zu schützen.

»Jetzt reicht es mir!« Er faucht vor Wut. »Jeder andere Vater hätte längst ...«

»Du bist nicht mein Vater.« Louan tritt aus meiner Deckung, geht langsam auf ihn zu. »Wen willst du mit deinen Lügen hinters Licht führen? Diesen da?« Er zeigt auf Larbin, der erschrocken den Kopf einzieht. »Er ist dein Lakai und Speichellecker.« Er wendet sich zu mir.

Ein Blick, übervoll mit Liebe, schenkt mir für einen kostbaren Augenblick Frieden.

»Oder gilt dein Schattenspiel Iven und du hoffst, dass er darauf hereinfällt, wie die meisten Menschen, deren Mut du aus ihren Seelen gefressen hast.« Er strafft die Schultern, hebt das Kinn. »Deine Mühe ist umsonst. Seit du versucht hast, ihn in die Knie zu zwingen, weiß er genau, was du bist.«

»Und was bin ich?«

Ich bilde mir ein, seine Zähne knirschen zu hören.

»Der Herrscher der Schatten, erschaffen, um mich aufzuhalten und die Menschheit in Dunkelheit versinken zu lassen.«

Louan steht da, meine Jacke um die Schultern, die es nicht ansatzweise vermag, seine Blöße zu verdecken. Dennoch geht von ihm eine Würde aus, als trüge er einen prachtvollen, nachtblauen Mantel. Als hielte er ein leuchtendes Schwert.

Der Hüter des Alten Lichtes. So hat er sich genannt.

In seiner Erzählung? In meinen Träumen?

Er ist es. Jetzt, in diesem Augenblick.

Und er steht allein vor seinem Feind.

Ich trete an seine Seite, nehme seine Hand.

»Lassen Sie meinen Sohn in Ruhe!«

Sein Blick dringt wie Eis in mich.

»Oder ich benachrichtige die Gendarmerie. Sie haben David gegen seinen Willen festgehalten und vergewaltigt. Das haben Sie doch, nicht wahr?«

»Wir haben uns geliebt.« Mein Magen fühlt sich an, als lägen Steine darin. »Von einer Vergewaltigung kann keine Rede sein.«

»Ach nein?« Sein Zeigefinger bohrt sich in meine Brust. »David ist krank! Er ist suizidgefährdet und unzurechnungsfähig!«

»Das bin ich nicht!« Eine wilde Entschlossenheit lässt Louans Blick erstrahlen. »Du weißt genau, woher diese Narbe stammt und auf welche Weise ich sie mir zufügen musste!«

»Oh ja, ich weiß es.« Er senkt die Lider, bis nur dunkle Striche von seinen Augen übrig sind. »Ich fand dich in der Badewanne. Das Wasser war rot vor Blut. Nie werde ich diesen Anblick vergessen.«

»Das ist nicht wahr.« Louans Lippen werden bleich. »Du kennst das Ritual. Du wolltest mich daran hindern, aber ich war stärker.«

»Sie mussten dich wiederbeleben.«

»Ich bin zurückgekehrt!«

»Hör mir zu, denn ich sage es dir zum letzten Mal.« Seine Stimme gefriert die Luft. »Versuchst du noch ein einziges Mal, von zu Hause fortzulaufen, sperre ich dich für den Rest deines Lebens in Larbins Klinik. Du wirst diese Stadt nie wieder sehen. Du wirst nie wieder deine Märchen erzählen und du wirst dich nie wieder von irgendwelchen Männern durchficken lassen!«

Das Licht erlischt in den sanften Augen.

Louans Beine geben nach.

Ich fange ihn auf, bringe ihn zum Sessel.

Er lässt es geschehen, als hätte ihn jede Kraft verlassen.

Es ist vorbei. Ich habe verloren.

Ich weiß es, als ich dem Doktor in die Augen sehe, fühle es, als er eine Spritze aufzieht, und sie Louan in den Oberarm drückt.

»Es ist nur ein Beruhigungsmittel«, entschuldigt Larbin den Frevel. »Es ist besser so.«

Ich sehe zu, wie ihm beide Männer unter die Arme greifen und ihn aus dem Zimmer führen. Ich sehe aus dem Fenster, als sie ihn in eine Limousine schieben.

Er wehrt sich nicht dagegen.
Sein Blick ist leer.

~ * ~

Vor mir zwischen den Bäumen flackert ein Licht. Leise
gehe ich darauf zu. Luik schnaubt. Ein anderes Pferd
antwortet ihm.

»Wer ist da?«

Louan! Ich habe ihn gefunden!

Seine Silhouette ragt vor dem Lichtschein empor.

»Ich bin es, Iven!« Ich bin so froh, ihn zu sehen.

Erschüttert starrt er mir entgegen. »Was machst du
hier?«

Noch im Laufen erzähle ich ihm, was geschehen ist.

Er wird blass. »Verzeih mir. Das alles ist meine
Schuld. Ich hätte nicht bei euch rasten dürfen. Das hat
sie zu euch gelockt.«

»Das lässt sich nicht mehr ändern.« Ich werfe mich
ins Kreuz, verleihe meiner Stimme sämtliche Würde,
die ich zusammenraffen kann. »Ich bin hier, um dir zu
dienen, denn ich bin stark. Die Schatten konnten mir
nichts antun.« Eine Ohnmacht ist kein Tod und zählt
daher nicht. »Ich werde dich vor ihnen beschützen.«
Gott gebe, dass meine Worte frei von Lüge sind.

Wärme glimmt in seinen Augen. »Ich war immer allein. Es ist besser so. Du hast gesehen, warum. Dennoch danke ich dir.«

»Danke mir, wenn ich dir das Leben gerettet habe.«
Die Angst vor der eigenen Courage packt mich nur für
einen Moment. Ich schüttele sie ab, stemme sicherheitshalber die Fäuste in die Hüften, wie es meine
Mutter macht. Das gibt Halt.

148

»Ich sehe das Licht in deinen Augen, während du erzählst. Mir ist, als wäre ich Gawain, der vor Arthur sein Knie beugt und ihm Treue schwört. Deine Geschichten machen mich tapferer, als ich je war. Sie flüstern mir Mut zu und lassen mich glauben, dass ich mehr als das Stück Fleisch in grobem Hemd bin, dessen Hände nach Fisch stinken.« Ich habe noch nie so viel auf einmal gesagt. Da bin ich mir absolut sicher.

Louan steht schweigend vor mir. Auf seinem Antlitz spiegelt sich der Schein des Feuers.

Er kommt aus der Anderswelt. Ich weiß es. Sonst wäre er nicht so schön. Viel schöner als alle anderen Menschen, die ich je sah.

Es war richtig, ihm in dem Gewittersturm entgegenzugehen. Es war richtig, ihn zu küssen, es war richtig, für ihn den Schatten zu trotzen.

Weil ich dafür hier bin. Auf dieser dunklen Welt. Um das Licht zu schützen. Es steckt in ihm. Leuchtet sacht durch die Finsternis. Es erinnert die Menschen an die Zeit, als Ehre und Tapferkeit keine hohlen Worte, sondern von Klang umhüllte Taten waren. Als Treue und Hingabe schwerer wogen, als das eigene Leben oder Sterben.

Ich sinke auf die Knie, neige mein Haupt. »Mir ist egal, ob du meine Hilfe willst oder nicht. Du brauchst sie, also werde ich sie dir geben.« Bisher habe ich nie jemandem außer mir selbst etwas geschworen.

»Ich gelobe, dir treu zu dienen, dir in die größte Finsternis und in gleißendes Licht zu folgen.

Ich gelobe, weder dich noch deine Ziele zu verraten.

Mein Schwertarm soll deinen Leib schützen, mein Herz deiner Seele Zuflucht schenken, wann immer sie danach verlangt.

Ich gelobe, dich niemals zu enttäuschen und mich dir mit jedem Atemzug und jedem Augenblick meines Lebens zur Verfügung zu stellen.

Nimm meine Kraft, meine Liebe und meinen Mut und bediene dich ihrer nach deinem Ermessen.«

Noch während mein Mund die Worte formt, weiß ich, dass jedes von ihnen so wahrhaftig ist wie der Himmel über und die Erde unter mir.

~ * ~

Ich will nicht aufwachen. Will den Traum festhalten. Öffne ich die Augen, verschwindet er.

Ich klammere mich an Nachtkälte und den Geruch des Feuers, an das Knistern der Zweige darin, an Louans Blick.

Nebel zieht auf. Er scheint aus dem Boden zu dringen, schiebt sich zwischen mich und den Traum. Dicht, grau, für jedes menschliche Auge undurchdringlich.

Ich stolpere ein paar Schritte hinein, doch da ist nichts mehr.

Ich habe versagt. Bin so verloren wie nie zuvor.

Nur mit Mühe gelingt es mir, die Lider zu heben. Sie sind verklebt, meine Wangen nass.

Sechs Uhr morgens. Vor mir auf dem Tisch stehen zwei Flaschen Wein. Wie konnte ich annehmen, mir meine Niederlage schön zu trinken? Ich hätte ...

Was? Nichts, gar nichts hätte ich tun können. Gegen einen Vater, der sich um seinen psychisch kranken Sohn kümmert, bin ich machtlos.

Ich rede mir diese Lüge ein, während ich dusche, mich anziehe, meine Sachen packe und meine Rechnung begleiche. Selbst auf dem Weg zurück nach Hamburg zwinge ich sie immer wieder in meinen Kopf. Doch sie erreicht nie mein Herz.

Nicht nur eine Nacht der Magie und Sinnlichkeit hat mir Louan geschenkt. Auch ein zweites Leben. Ein besseres, erfüllteres. Eines, das sich nicht um meine kleinen, egoistischen Belange schert, sondern sich in den Dienst von etwas größerem stellt.

Indem ich Louan gehen ließ und mich weigerte, Iven zu sein, verspielte ich meine Chance darauf.

Am späten Nachmittag erreiche ich Tomkes Appartement. Ohne zu klingeln, stürme ich es. Er sitzt auf dem Sofa, ein junger Kerl kniet zwischen seinen Beinen.

»Schmeiß ihn raus, ich muss mit dir reden.« Keine Zeit für Höflichkeiten.

Mit einem leisen Schmatzen lässt Tomkes Spielzeug von ihm ab, starrt mich an, als hätte ich den Verstand verloren.

Mag sein. Darauf kommt es nicht mehr an.

Tomke tätschelt dem Kerl die Wange. »Ich melde mich morgen bei dir.«

Ein fremder Mund öffnet sich zum Protest, doch Tomke schüttelt den Kopf. »Morgen, Dennis. Und jetzt geh.«

Der Mann trollt sich fluchend, wagt es jedoch nicht, mich anzurempeln, als er an mir vorbeigeht. Auch so sagt sein Blick, dass er mich in die Hölle wünscht.

Ich warte, bis ich die ins Schloss fallende Tür höre.

»Danke.« Ich weiß Tomkes Loyalität zu schätzen. »Ich habe eine Geschichte für dich, die ist so unglaublich, dass sie beinahe wahr sein könnte.«

»Sie muss besser sein, als es der Abend mit Dennis geworden wäre.« Tomke steht auf, verpackt seinen halbsteifen Schwanz hinter dem Reißverschluss der Tuchhose. »Möchtest du einen Wein?«

»Nein.« Ich brauche einen klaren Kopf. »Aber du solltest dir einen einschenken.«

»Kaffee?«

»Gern.«

Auf dem Weg zur Küche begleite ich ihn. Es tut gut, ihm bei alltäglichen Handgriffen zuzusehen. In meinem Leben gibt es zu wenig davon.

Während er mir den Becher mit dem Kaffee in die Hand drückt, küsst er mich auf die Wange. »Los, erzähle.«

Wir setzen uns ins Wohnzimmer und Tomke schaltet die Musik aus. »Bin ganz Ohr.«

»Eines vorweg. Versprich mir, dass du alles, was ich jetzt sage, ernst nimmst.« Das mit Louan war kein skurriles Liebesabenteuer. Es war mehr, viel mehr. »Du musst mir jedes Wort glauben.«

»Natürlich.« Tomke nippt am Wein, lehnt sich zurück und betrachtet mich mit diesem freundlichen, aufmerksamen Blick, den ich an ihm schätze. »Bitte, fang an.«

In mir zittert es und will nicht aufhören. »Vielleicht war der Kaffee doch keine gute Entscheidung.«

»Warte.« Er verschwindet in der Küche, kehrt mit einem zweiten Glas zurück. »Belasse es bei diesem einen, wenn du magst, aber rede dir nicht ein, du bräuchtest es nicht.« Er reicht es mir, prostet mir zu. »Auf gute Geschichten. Mögen sie immer wieder aufs Neue unser Inneres erbeben lassen.«

»Du wirst es verstehen, sobald du sie gehört hast.«

152

»Ich verstehe es schon jetzt.« Erneut macht er es sich mir gegenüber gemütlich. »Etwas hat dein Herz erreicht. Glaube mir, solche Dinge nehme ich stets ernst.«

Deshalb sitze ich hier, in seinem Sessel, trinke seinen Wein und beanspruche seinen Abend für mich.

Ich atme tief ein und aus, bevor ich in der Lage bin, ruhig zu sprechen.

»Es begann vor der Kirche Sainte Catherine in Honfleur ...«

Es ist Nacht. Die Kerze auf dem Tisch ist die einzige Lichtquelle.

Ich weiß nicht, wann Tomke sie entzündet hat.

»Du musst ihn finden.« Er betrachtet das leere Glas in seiner Hand. »Tust du es nicht, wird ihn der Herrscher der Schatten ersticken.«

Ich brauche einen Moment, um seine Worte zu begreifen. »Es ist sein Vater, Tomke.«

»Und wenn nicht?« Er hebt den Blick, sieht mich herausfordernd an. »Vaterschaft beschränkt sich nicht auf einen Spermaklecks in irgendeinem Frauenschoß. Nachdem, was du mir von diesem Mann erzählt hast, ist er nicht Louans Vater, sondern etwas, das ihn mit Schatten umhüllt und darin erstickt.«

»Ich bin kein Krankenpfleger, Herrgott noch mal!« Was erwartet er von mir?

»Angenommen, er ist nicht krank.« Mit einem Klirren stellt er das Glas auf den Tisch. »Stelle dir vor, er ist der einzige vernünftige Mensch auf der Welt und wir sind diejenigen, die krank sind.«

»Tomke! Louan ist verrückt! Er hat versucht, sich umzubringen und mir die Narbe als Blutopfer verkauft!«

»Und wenn es für ihn eines gewesen ist?«

»Das ist nicht dein Ernst!«

»Es ist nur so eine Idee.« Seufzend lehnt er sich zurück. »Letztendlich gibt es weder für die Realität noch für etwas derart Abstraktes wie Vernunft endgültige Beweise. Die Menschheit hat sich auf eine Norm geeinigt, um mit dem Irrsinn des Lebens klar zu kommen. Alles, was davon abweicht, gilt als krank oder mangelhaft.«

»Tomke?«

Er winkt ab. »Es ist wie mit den Zähnen. Wo steht geschrieben, dass sie kerzengerade aus dem Kiefer herausragen müssen? Was ist daran so schlimm, wenn es einer mal nicht tut? Die Eltern rennen mir die Praxis ein, damit ich ihren Kindern während schmerzhafter Prozeduren Zahnspangen verpasse, um auch den kleinsten Abweichler wieder in der Reihe zu zwingen. Weißt du, warum?«

Will er Louan mit einem schiefen Zahn vergleichen?

»Weil sie so fest an diese Norm glauben, weil sie ihre gesamte Existenz allein auf eine Handvoll willkürlicher Regeln stützen, dass sie alles andere, und sei es nur ein schiefer Zahn, mit unsäglicher Angst erfüllt. Lieber muten sie ihren Kindern Schmerzen zu, als eine noch so geringe Abweichung der Norm zu ertragen.«

»Louan glaubt, mir bereits im frühen Mittelalter begegnet zu sein. Er hält sich für den Schüler eines Druiden, der wahrscheinlich nie gelebt hat.« Und wenn, dann zu König Artus' Zeiten.

Noch ein paar Jahrhunderte in der Vergangenheit zurück. »Das ist mehr als nur ein kleines Abweichen der Norm.«

»Er glaubt auch, dem Licht zu dienen.« Langsam streckt sich Tomkes Zeigefinger in meine Richtung. »Und? Tut er es?«

»Ja.« Er dient ihm nicht nur. Er trägt es in sich. Nie werde ich das Leuchten in seinem Blick vergessen, während er Königreiche vor mir ausgebreitet hat.

»Alles klar.« Lässig wedelt er mit der Hand. »Ein Mann, der das Gute in den Menschen wecken will, muss natürlich verrückt sein. Selbstverständlich gehört er eingesperrt. Sonst würde er nur Schaden anrichten. Man stelle sich vor, die Leute würden seinen Geschichten Glauben schenken! Was geschähe, wenn sie plötzlich erkennen, dass sie tatsächlich mehr als Fleischbällchen auf zwei Beinen sind und sich zu solchen Unsinnigkeiten wie Treue und Tapferkeit oder gar inniger Liebe hinreißen ließen?« Theatralisch schüttelt er den Kopf. »Die Gesellschaft versänke unwiederbringlich im Chaos.«

Binnen Sekunden löst sich die Maske aus Sarkasmus in nichts auf. »Ich habe in den Büchern deines Vaters gestöbert und etwas gefunden.« Er steht auf, holt einen der Romane aus dem Schlafzimmer und wirft ihn mir auf den Schoß. »Schlag die Titelseite auf und du wirst wissen, was du zu tun hast.«

Die Handschrift meines Vaters.

Ich streiche über die verblassenden Zeilen. Sie verschwimmen vor meinen Augen.

Ich muss sie nicht lesen, sie haben sich längst in mein Herz gebrannt.

Ich habe den Eid gebrochen.

Gott, wie konnte ich nur so versagen.

»Vor langer Zeit hast du mir erzählt, dass etwas Bedeutendes auf dich wartet und du losziehen musst, um es zu finden.« Tomke kniet sich vor mich. »Es scheint so, als hättest du es gefunden. Warum lässt du es dir wieder wegnehmen?«

»Weil ich feige bin.« Mein Herz krampft sich zusammen. »Ich bin nicht Iven.« Ich war es nie.

Er legt den Kopf auf mein Knie, sieht mich lange an. »Dann wird es Zeit, das zu ändern.«

»Los, verdammt, erinnere dich!« Tomke knallt mir den zweiten Becher Kaffee auf den Tisch. »Wir brauchen einen Namen!«

»Larbin«, murmele ich zum tausendsten Mal. »Der Arzt.«

»Louans Vater!« Er sinkt auf das Sofa, reibt sich das blasse Gesicht. »Er muss sich vorgestellt haben! Die Franzosen sind ein höfliches Volk. Die vergessen so was nicht.«

»Dann war er die Ausnahme.« So sehr ich mein Hirn martere, es spuckt nur seinen Vornamen aus. Marc. So hatte ihn Larbin zwischendurch angesprochen.

Es gibt unzählige Marcs in Frankreich.

Sogar Madame Fouet habe ich deswegen angerufen. Zwar hat sie meine nächtliche Störung sportlich aufgenommen, doch der Nachname von Louans Vater war ihr ebenfalls entfallen.

»Himmel, Arsch und Zwirn!« Tomke krallt die Finger in die schütteren Haare.

Er ist müde, genau so wie ich.

156

Kurz vor fünf. Seit Stunden sitzen wir an einem Plan, Louan zu befreien. Das Problem: Bis auf die Tatsache, dass er offenbar David heißt, wissen wir nichts von ihm.

Bis auf den Namen seines Therapeuten.

Laut diversen französischen online Telefonbüchern existiert in ganz Frankreich nur ein Mann mit dem Nachnamen Larbin.

Als ich ihn vorhin anrief, meldete sich eine schlaftrunkene Stimme, die dem Nuscheln des Arztes nicht im Ansatz ähnelte. Meine anschließende Googel-Suche blieb ebenfalls erfolglos.

Mir läuft die Zeit davon.

Jeder Tag in den Fängen seines Vaters ist einer zu viel für Louan. Er hat schon einmal versucht, sich das Leben zu nehmen. Erschien ihm die Situation damals ebenso aussichtslos wie jetzt?

»Was ist, wenn sein Vater die Drohung in die Tat umsetzt und ihn in eine Klinik bringt?« Tomke knetet seine Unterlippe, während sich mein Magen zusammenzieht. »Dann müsstest du ihn von dort entführen.«

»Denkst du, die lassen mich da reinspazieren?« Den Teufel werden die! »Außerdem müssten wir die erst finden. Wie? Es existiert kein Eintrag im Internet.« Ich springe auf, tigere hin und her. »Werden Schizophrene überhaupt in Kliniken eingewiesen?«

»Wie kommst du auf die Idee, er könnte schizophren sein?«

Ein Blick von mir genügt.

Tomke gibt für zwei Sekunden auf, bevor er Luft holt. »Hat er gesagt, dass er Stimmen hört?«

»Er sieht Schatten!«

»Du ebenfalls.«

Verdammt. »Er hält sich für einen Barden.«

»Einen Filid.« Tomkes emporgereckter Zeigefinger macht es mir kaum erträglicher. »Das ist etwas anderes. Ich habe gegoogelt.«

»Meinetwegen.« Wir brauchen eine Lösung! Verflucht noch eins!

»Wirkte er in seiner Persönlichkeit gespalten?«

Kann er nicht endlich aufgeben?

»Du hast erzählt, er blieb seiner Rolle treu. Auch während der Eskalation mit seinem Vater.«

»Absolut treu. Ich habe sie ihm abgenommen, obwohl ich wusste, dass sie eine Lüge war. Jeder hätte das. Nur nicht dieses kalte, breitschultrige Arschloch. Nicht einen Funken Mitgefühl oder gar Liebe hat er seinem Sohn entgegengebracht.«

»Irgendetwas stimmt nicht.«

»Wie wäre es mit: alles?« Mein Kopf schwirrt vor kranken Ideen.

»Vermag es ein Vater angesichts seines schwerkranken Sohnes so dermaßen gefühlskalt zu reagieren?«

»Sagtest du nicht, er wäre nicht sein Vater?« Die Frage dient allein meinen Nerven.

»Ja. Das sagte ich«, nuschelt er an seinen gemarterten Lippen vorbei. »Ein Vater, ohne Namen, ein Vater, der sich nicht wie ein Vater benimmt, ein Sohn, der ein Druide ist und eine Klinik, die nicht existiert. Demnach bleiben uns nur zwei Möglichkeiten.«

»Welche?«

»Entweder du fährst durch ganz Frankreich und klingest an sämtlichen Türen, hinter denen ein David wohnt ...«

Ich tippe hektisch den Namen in die Suchleiste des Telefonbuches, bis mir einfällt, dass es Schwachsinn ist.

Tomke schaut mich an, als zweifele er an meinem Verstand.

Ich hebe die Hand, murmele ein *schon gut* und resigniere.

»Oder du wartest einfach ab.«

»Warten?« Himmel! »Auf was? Dass er sich umbringt?« Mir wird schlecht.

»Auf den einunddreißigsten Oktober nächsten Jahres.«

Warum sieht er mich an, als ob das eine brillante Idee wäre?

Ist sie nicht. Sie ist beschissen.

»Du hast gesagt, dass Louan oft dem Zugriff des Schattenherrschers entkommen ist.«

»Das hat er behauptet!« In einer Geschichte!

»Nein. Es ist wahr. Die Leute in Honfleur sagten dir, dass er jedes Jahr zur selben Zeit vor der Kirche alte Sagen vorträgt.«

»Da hatte ihn sein Vater noch nicht einweisen lassen!«

»Sprach dieser Larbin nicht davon, dass es Louan einmal geschafft hätte, aus seiner Klinik auszubrechen?«

»Das habe ich dir erzählt?«

»Allerdings.« Tomke fasst mich am Arm, drückt zu, bis es schmerzt. »Dir bleibt nichts anderes übrig, als zu hoffen, dass er es erneut schafft. Dass er wieder auf dich warten wird. Genau an dem Platz, an dem er dich schon zweimal verloren hat.« Seine Augen leuchten fast so hell wie Louans. »Du musst an die Wahrheit glau-

159

ben, Demian. Auch wenn sie sich hinter einer Lüge verbirgt.«

Für einen Augenblick bin ich zu erschüttert, um zu reagieren.

»Hörst du jedem so aufmerksam zu?«

»Nur dir.«

Ich will ihm danken, ihm sagen, dass ich ihn liebe.

Meine Kehle gibt kein einziges Wort her.

EPILOG

»Verzeihen Sie, darf ich mich zu Ihnen setzen?«

Die Frau sieht erst zu mir, dann zu den freien Tischen.

Bevor sie ablehnt, lächele ich sie so charmant an, wie es mir trotz meiner Angst möglich ist.

»Ich möchte den Barden nicht verpassen. Daher der Tisch am Fenster.«

»Ah! Natürlich!« Sie weist auf den Stuhl ihr gegenüber. »Ich habe mir extra für ihn freigenommen. Letztes Jahr verpasste ich leider seinen Auftritt.«

»Das bedauere ich. Er war unglaublich.« Mein Herz schlägt im Hals. Sie wartet wie ich auf Louan. Also geht sie wie ich davon aus, dass er kommt.

Aber sie weiß nicht, was ich weiß. Sie kennt weder seinen Vater, noch ahnt sie etwas von den grotesken Umständen in Louans Leben.

»Können Sie mir sagen, wie oft er bereits aufgetreten ist?« Es interessiert mich und ein wenig Konversation beruhigt meine Nerven. Seit Wochen finde ich keine Ruhe mehr. Tomke meint, ich sähe aus wie ein Zombie. Die meiste Zeit der vergangenen Monate habe ich bei ihm gewohnt. Er hat es sehr genossen, obwohl wir nicht miteinander geschlafen haben. Ich erledigte die Einkäufe und kochte abends für uns. Nur, um mich von zermürbenden Gedanken abzulenken.

Es gelang mir nur für Minuten.

Ich schlief mit der Angst um Louan ein, träumte von ihm, und wachte mit ihr auf. Wenn er heute nicht kommt, weiß ich nicht, was ich mache.

»Ich selbst hörte ihm erst dreimal zu«, plaudert die Frau in meine dunklen Grübeleien. »Mein Nachbar behauptet jedoch, dass er mindestens schon sieben Jahre in Folge gekommen ist.«

Die Kellnerin fragt nach meinen Wünschen und ich bestelle ebenfalls einen Kaffee.

»Gibt es eine Tageszeit, die er bevorzugt?« Letztes Mal erzählte er am späten Nachmittag. Jetzt ist es kurz vor halb vier. Seit heute Morgen treibe ich mich in der Gegend herum.

Ich habe Angst, ihn zu verpassen.

»Immer so um diese Zeit.« Sie lächelt über den Rand ihrer Tasse. »Der Auftritt ist Ihnen sehr wichtig, wie es scheint. Ihre Anspannung wabert bis zu mir herüber.«

»Bitte verzeihen Sie.« Gott, wie soll ich mich beruhigen? Wenn er nicht kommt. Was dann?

Die Bedienung bringt mir den Kaffee und ich zahle ihn gleich.

Wäre es nicht so lächerlich, würde ich an meinen Fingernägeln kauen.

Angenommen ihm ist die Flucht gelungen, er könnte mich vergessen haben.

Und wenn nicht? Wenn sein Vater ihn irgendwo festhält? In einer Klinik oder auch nur in seinem Haus? Er weiß, dass Louan auszureißen versucht. Er wird sämtliche Vorkehrungen getroffen haben, um das zu verhindern.

»Da ist er!« Sie zeigt nach draußen.

Ein Mann betritt den Platz vor der Kirche. Die Kapuze der Jacke verdeckt sein Gesicht. Schon während er sie abstreift, verharren die ersten Leute und sehen zu ihm herüber.

Hellbraunes Haar, das bis zu den Schultern fällt.

162

Selbst von hier aus erkenne ich die weiße Strähne.

Louan.

Ich verlasse das Café, überquere die Straße wie in Trance.

Er ist hier. Er hat es wahrhaftig geschafft.

Mein Herz poltert, mein Verstand bleibt feige. Er glaubt nicht, was ihm die Augen zeigen.

In den wenigen Augenblicken haben sich seine Zuhörer bereits um ihn geschart, schließen den Kreis, der sich immer weiter ausdehnt.

Ich warte in einiger Entfernung, lausche der geliebten Stimme.

Nur leise dringt sie an mein Ohr. Es macht nichts, dass ich nicht jedes Wort verstehe. Ich weiß, wovon sie erzählt.

Von mir. Von der Suche nach meiner Aufgabe, von meinem Scheitern, den Zweifeln und der zögernden Liebe zu einem jungen Filid.

Ich durchdringe den Kreis der Zuhörer bis zur vordersten Reihe.

Louan ist blass, seine Wangen sind eingefallen und das Leuchten seiner Augen ist verschwunden. Nur seine Stimme erklingt sanft und eindringlich, breitet die Wahrheit wie einen wertvollen Teppich vor mir aus.

Wie habe ich sie auch nur eine Sekunde für eine Lüge halten können?

Ich bin blind gewesen, doch das ist nun vorbei.

Die Geschichte nähert sich ihrem Ende.

Louan sieht auf, stockt mitten im Satz.

Er hat nicht erwartet, mich hier zu finden. Nur eine vage Hoffnung hat ihn hergetrieben, mit deren Enttäuschung er sich längst abgefunden hatte.

All das erzählt mir sein Blick.

Ich ringe um Beherrschung, gebe den Kampf schließlich auf. Das erstaunte Gemurmel der Leute wird zu einem Hintergrundrauschen. Der Kreis löst sich auf, jemand sammelt Münzen in einer Schiebermütze, gibt sie Louan. Mit einem Schulterklopfen verabschiedet sich der Mann von ihm.

Während all das geschieht, bleibt Louans Blick auf mich gerichtet. Erst als der Letzte gegangen ist, kommt er langsam auf mich zu.

»Iven?«

»Verzeih mir.« Bin randvoll mit Schuld. »Ich habe dich im Stich gelassen, habe ...«

»Iven.« Er sinkt gegen mich, lehnt seine Stirn an meine.

Ich lege die Hände an seine Wangen, spüre Nässe an meinen Fingern.

Die Kirche hinter uns verschwindet, mit ihr die Häuser, die Menschen, die Straßen.

Wir stehen auf einer Wiese, umgeben von Nebel und dem ersten Hauch des herannahenden Morgens.

Worte, so alt wie der Wind und so stark wie die Wellen, die während der Winterstürme an die Felsen schlagen. Sie strömen mir über die Lippen, binden mich an den Mann, der mir wichtiger ist als mein eigenes Leben.

~ * ~

WEITERE ROMANE VON S.B. SASORI

Schlangenfluch 01 - Samuels Versuchung

Samuel Mac Laman ist ein faszinierender Mann – und ein faszinierend schöner Mann. Als der Kunststudent Laurens Johannson ihm zum ersten Mal begegnet, möchte er ihn zunächst nur porträtieren. Aber der Highlander mit den honigfarbenen Augen, der selbst im Sommer nur hochgeschlossene Kleidung trägt, weist ihn ab. Nach einem brutalen Überfall erfährt Laurens den Grund, warum Samuel zu jedem Fremden Distanz wahrt.

Die Hälfte seines Körpers ist mit einer hochsensiblen Schlangenhaut überzogen.

Schlangenfluch 02 - Ravens Gift

Raven hütet ein grausames Geheimnis. Um seinen Bruder zu schützen, stellt er sich einer Herausforderung, die ihn mehr und mehr in die Knie zwingt.

Samuel und Laurens ahnen nichts von der Gefahr. Sie kämpfen darum, die Geschehnisse am Loch Morar vergessen zu können. Doch ein alter Feind stellt sich ihrem Glück in den Weg. Von Rache zerfressen, setzt er alles daran, ihre Liebe für immer zu zerstören.

Schlangenfluch 03 - Seans Seele

Der junge Ire Sean lebt am Rand der Gesellschaft. Als er in Bangkok unter die Räder kommt, nimmt ihn die Drogenhändlerin Isabell bei sich auf. Sie plant, mithilfe des Giftes einer uralten Spezies, die Droge des Jahrhunderts zu kreieren. Als sie erfährt, dass ein gewisser

Raven Mac Laman der Nachfahre eben jener Wesen ist, beschließt sie, ihn aufzuspüren und für ihre Zwecke auszubeuten.

Sie überträgt Sean die Aufgabe, sich um den geheimnisvollen Mann zu kümmern.

Über Shenyang und Moskau führt der Weg nach Morar, einem kleinen Ort in den schottischen Highlands. Doch was Sean dort vorfindet, raubt ihm in vielerlei Hinsicht den Atem.

Schuldfrage

Cedrics Alltag ist ein Scherbenhaufen. Kaum bricht die Dunkelheit herein, ertrinkt er in Ängsten. Sie kreisen um eine Ruine, Gestank und einen gesichtslosen Fremden. Er kittet die Bruchstücke seiner Existenz mit der Flucht in eine Zweckbeziehung und abrufbarem Sex, ohne dem Chaos länger als wenige Augenblicke zu entkommen. Erst der junge Landstreicher Mika, der durchnässt und barfuß in sein Leben stolpert, schenkt ihm Momente voll Geborgenheit und Frieden. Sie zersplittern wie Glas, als Mika von einer Nacht erzählt, die neun Jahre zurückliegt.

Drahtseiltänzer

Ein Tanz auf dem Drahtseil, ein Deal, der zum Verrat zwingt und eine Nacht am Strand, getaucht in Geborgenheit und Nähe.

Doch die Sonne geht auf und der neue Tag schlingt vertraute Fesseln um Ciros Leben.

Ein toter Bruder, ein missratenes Outing und eine Spontanreise in die Toskana. Noah braucht Abstand.

Zu sich und seinen Eltern – nicht zu dem Italiener mit dem verträumten Blick und den braungebrannten Füßen in sandigen Flip-Flops.

Hongkong-Storys 01 - Rattenfänger

Hongkong 2037

Nach einer Pandemie liegt die Weltwirtschaft am Boden. Wer es sich leisten kann, flüchtet in die chinesische Metropole in der Hoffnung auf ein Leben in Überfluss und Reichtum.

Doch die Stadt birgt ihre Schattenseite – Kowloon.

Menschenhandel, Prostitution und Drogen bestimmen das Dasein der Gesichtslosen.

Im Begging Monk, einem Klub in dem verkommenen Bezirk, bieten Shivas das an, was sie besitzen – sich selbst.

Joseph Wakane dirigiert das Geschehen im Grenzbereich von Menschlichkeit und Moral. Er kennt die Währung, mit der Träume erkauft und Existenzen zerstört werden.

Liam O'Farrell war ein erfolgreicher Arzt, aber die Eintönigkeit seines Alltags erstickte ihn.

Er kehrte der geordneten Sicherheit Hongkong Islands den Rücken und floh in das vor Dreck und Chaos überquellende Kowloon. Nun flickt er zusammen, was die Nächte im Monk von den Shivas übrig lassen. Als er Joseph zu einer Auktion im Hafen begleitet, erfährt er zum ersten Mal hautnah, wie aus Menschen Ware wird.

Er ist entsetzt.

Bis ihn ein junger Mann anfleht, ihn zu kaufen.

Der Sodomit

Ungarn im 15. Jahrhundert. Mihály Szábo ist Arzt im Dienste König Matthias Corvinus. Der Wissenschaft verpflichtet kämpft er nicht nur gegen die Pest, sondern auch gegen den Vorwurf der Ketzerei.

Als ein Junge wegen seines Buckels halb totgeschlagen wird, sieht sich Mihály als Arzt und als Mann herausgefordert. Er kümmert sich um „das Hexenbalg" und macht es sich zur Aufgabe, seine Entstellung zu richten. Doch während der schmerzhaften Prozedur kehren Gefühle zurück, die besser im Verborgenen geblieben wären.

Rot. Grün? Blind!

Wer ist der smarte Blonde, der mit Frank-Sinatra-Hut und Sonnenbrille aus dem Fond einer Limousine steigt?

Finn kann sein Glück kaum fassen, als er erfährt, dass es sich um seinen neuen Nachbarn handelt.

Aber weshalb überquert H.Veller, ohne nach rechts und links zu sehen, die Straße?

Und das zur hektischsten Berliner Rushhour?

Finn eilt dem seltsamen jungen Mann zur Hilfe und begreift, warum Rot eine schreckliche Farbe ist und Schatten guttun können.